단골이라 미안합니다

카페소사이어티 · seoul · 2

단골이라 미안합니다

커피 생활자의 카페 감별기

이기준

시간의흐름.

서울, 연희동

어느 카페

카페에 간다

집중해야 할 땐 카페에 간다. 쉴 때도 누굴 만날 때도 카페에 간다. 책도 카페에서 더 잘 읽힌다. 여기 실은 글 역시 주로 카페에서 썼다.

좋아하는 카페는 별로 없다. 커피가 맛있는 카페도 별로 없다. 커피도 음악도 좋은 카페는 전 세계를 샅샅이 뒤져도 몇 군데 없을 것 같다. 없는 곳에 갈 수 없으니 있는 곳 중에 찾아간다. 적당히 마음에 드는 카페에 가더라도 서너 시간 지나면 벗어나고 싶고 하루에 두세 군데 옮겨 다니는 스트레스도 상당하다. 이 모든 괴로움을 감수하고 거의 매일 카페에 간다.

스스로 근면성실의 아이콘으로 여긴다. 감시하는 눈이 없어도 매일 일찍 일어나 시간 낭비 없이 작업한다. 점심과 저녁 시간 사이에 의자에서 한 번도 일어나지 않은 채 내리 일하곤 한다. 다만 그러려면 카페에 가야 할 뿐이다.

십수 년째 혼자 일하고 있기에 사회를 간접 체험하는 의미도 있다. 가끔 만나는 클라이언트 말고는 사회와 별다른 접점 없이 단출하게 지낼 수 있는 상황을 큰 복으로 여기면서도 가끔 예기치 못한 사건에 휘말리고 싶다는 바람이 인다. 그 바람이 이루어지는 곳이 카페다. 다양한 사람이 드나들며 다양한 대화를 나누는 풍경을 거리를 두고 본다. 나와 직접 관련이 없는 사람들이라 강 너머 불구경처럼 마음이 편하다. 강 너머 불구경이 마음 편하다는 뜻은 물론 아니다.

　매일 카페에 가면 건강에도 좋다. 출근하는 장소 없이 집 안에서 모든 일을 해결하면 몸을 움직일 일이 없으므로 신체 기능을 적절하게 유지하기 위해서라도 나간다. 일부러 먼 곳을 찾아가기도 하고 가까운 곳을 돌아가기도 한다. 커피를 많이 마시면 화장실 가는 횟수도 늘기 때문에 몇 걸음 더 걸을 수 있다. 커피가 진할수록 근육은 더 탄탄해진다.

　갈 만한 카페가 없는 동네에서 두 달 지내면서 카페 없이는 일상생활이 힘든 사람임을 알았다. 커피와 카페는 주변에 널려 있었지만 소용 없었다. 맛있는 커피가 있는 괜찮은 카페에 가야 했다. 그 전까지 나는 커피를 마시러 카페에 가는 줄 알았는데 집중하고 생각할 곳이 필요한 거였다. 운동과 비슷하다. 집에 있으면 안 한다. 체육관에 가야 한다. 집에서도 잘하는 사람이 있을 텐데 나는 그렇게 독한 사람은 아니다.

　내 생각의 동력은 적절한 공간과 음악과 커피다. 이는 뼈, 신경, 근육이 맞물려야 인체가 움직이는 이치와 같다.

이토록 중요한 세 가지를 타인의 손에 맡겨야 하니 참으로 기구한 팔자다. 부지런하고 취향 좋은 사람들이 카페를 더 차려서 나 좀 살려주었으면 좋겠다.

차 례

· 추천의 말 ·

뭐 이리 이상하고 매력적인 남자가 다 있나 싶었다

154

그래도 커피보단

"제가 인간을 별로 안 좋아해서요."

"그런데 인간이시잖아요?"

"그러니까요. 인생 참 고약하죠. 인간을 안 좋아하는
인간으로 태어나다니."

지인은 커피를 내리고 있었다.

"커피는 좋아하세요?"

"좋아하죠."

"그래도 커피보단 인간이 좋으시죠?"

"……"

"……"

오픈 시간

서울 카페 생활의 괴로움 중 하나는 일찍 문 여는 데가 별로 없다는 점이다.

동네에 8시에 여는 곳이 있었지만 언제부터인가 8시 30분으로 늦췄다. 그래, 그 정도는 이해해주자, 하는 마음이었는데 사정이 생겨 몇 달 만에 방문했더니 직원이 다 바뀌고 좋아하는 빵 메뉴까지 싹 사라진 데다 여러 가지 운영 방식이 은근슬쩍 달라져 더 이상 마음을 붙이지 못하게 되었다. 어째서 카페나 식당은 늘 좋지 않은 쪽으로 변하는 걸까?

연남동에 작업실이 있을 무렵 생긴 한 카페는 8시에 문을 열어 아주 반가웠는데 몇 달이 지나자 12시 30분으로 변경되었다. 30분이나 한 시간 정도 조정하는 게 아니라 오전 영업을 아예 안 한다는 점이 충격이었다. 방문자가 없더라도 '평온한 오전을 보낼 수 있어서 너무 좋다, 매일 이랬으면' 하고 기뻐하는 운영자는 정녕 없단 말인가. '매일 이랬으면' 까지는 아니더라도 방문자가 많으면 많은 대로 없으면 없는 대로 알찬 시간을 보낼 정도로 자아가 단단한 운영자가 나타나길 기다리고 있다.

9시에 여는 Ⓐ카페가 없었다면 내키지 않는 초대형 프랜차이즈 카페밖에 갈 곳이 없었을 터. 하지만 점심시간이 지나면 식후 커피를 하러 오는 사람들이 끝없이 채워지는 편의점 냉장고 캔처럼 들어서기 때문에 그 전에 나가곤 한다. 별 문제는 아니다. 걸어서 1분 거리에 Ⓑ카페가 있으니까. Ⓑ카페에서 10초 거리엔 단골 식당이 있다. Ⓐ카페에서 오전 작업 ⇨ 점심 ⇨ Ⓑ카페에서 오후 작업이 자주 되풀이 되는 루틴이다.

Ⓑ카페에선 물을 적게 탄 아메리카노에 절인 블루베리 토스트를 곁들인다. 자주 갔더니 주인장이 서비스로 내어 주기도 한다. 꾸준한 실행이 보상받는 기분이다. 안 주면 서운하다는 말은 물론 아니다.

가능한 한 개인이 운영하는 공간에 가려고 한다. 기질적으로 조직을 싫어하기 때문이다. 조직에 속하지 않아도 생계를 꾸리는 데 문제 없는 사회가 되길 바라는 마음으로 작은 카페에 간다.

Ⓒ카페는 평일 이틀을 쉬고 오후 3시부터 10시까지, 주말엔 오후 1시부터 10시까지 한다. 평일 오후 3시는 내 생활 패턴 기준으로 애매한 시간이다. Ⓒ카페가 문 열 시간이면 이미 다른 카페에서 한나절 반을 보냈을 시점이라 집에 가고 싶은 마음이 부풀었을 가능성이 크다. 음료, 디저트 모

두 내 입맛에 맞는 곳이지만 시간 맞추기가 의외로 쉽지 않아 자주 가지 못한다. 이들이 영업시간을 앞당겼으면 좋겠다는 바람은 없다(바람이 없진 않지만 바라지 않을 것이다). 운영자가 일할 시간을 그리 정했다면 마땅히 존중할 일이고 그 시간을 잘 지켜주기만 하면 그만이다. 곤란한 경우는 영업시간이 제멋대로인 곳인데, 영업시간이 아닐 때 여는 경우는 없고 대개 영업시간인데도 닫혀 있곤 한다. 일부러 갔다가 그런 일을 여러 번 당하고 나면 발길이 꺼려진다.

Ⓓ카페는 정해놓은 영업시간 없이 게릴라 방식으로 운영하지만 인스타그램에 성실하게 공지하기 때문에 불편하지 않다. 오후 3시부터 5시까지라고 공지가 떴다면 2시 55분 전에 도착하는 편이 좋다. 한번은 집에서 택시를 타고 2시 57분에 도착했는데 이미 4분의 3이 차 있었다. 그 뒤로 한 팀이 더 왔고 59분에 온 사람은 자리가 없어 가야 했다.

좋아하는 우동 가게 주인장은 아이가 생기자 아이와 더 많은 시간을 보내려고 영업시간을 줄였다. 이런 사람은 줄인 영업시간이 무색하게 흥하길 바라므로 더 열심히 가자고 다짐했다. 영업시간과 상관없는 얘기지만 이 우동 가게는 방문자를 위한 음악이 없다. 주인장 자신이 일하면서 들으려고 주방에 틀어둔 음악을 손님이 문지방 넘어 엿듣는 셈인데 선곡도 마음에 쏙 든다.

근래 알게 된 Ⓔ카페는 일주일에 나흘 운영한다. 그 외엔 운영자 듀오의 본업인 가방, 옷 등을 만드는 일을 한다. 이상과 현실 사이에서 과도기적 실험정신으로 만든 공간인지 자신들의 이상을 담은 결정체로서의 공간인지 모르지만 난 좋았다. 카페, 작업실, 쇼룸이라는 세 가지 역할이 섞인 상태가 흥미롭다. 자신들의 작업 영역을 살린 디테일도 일관성 있다. 와이파이 암호와 당부 사항을 적은 메모는 케어 라벨로 쓰이는 얇은 천에 인쇄했고 물건을 사면 천 주머니에 담아 재봉틀로 박음질해준다. 클라이언트가 방문할 경우 카페는 회의 장소로도 제격이다. 주문받은 음료를 내면서 음악 플레이리스트를 함께 주는 발상은 재즈를 좋아하는 주인장의 애착이 적절한 방식으로 표출된 예다.

이유가 무엇이든 노동 시간이 줄어드는 추세는 반갑다. 일을 덜 하고도 이전의 생활 수준을 유지하려면 인건비가 올라야겠지만 이건 사회 문제라 개인의 노력만으로 어찌하기 힘들다. 유럽의 카페에서는 드립 커피 가격이 에스프레소 기반 커피 가격보다 두세 배 높다는 점이 흥미로웠다. 조사하거나 물어보진 않았지만 손이 더 많이 가는 음료는 인건비만큼 비싼 것이리라 짐작한다.

아무튼 더 일찍 여는 곳이 한 군데쯤은 더 생겼으면.

수건은 좀

화장실에 종이 타월 대신 수건을 걸어둔 곳이 종종 있다. 카페 방문자들에게 수건 한 장을 같이 쓰라고 제안하는 거라면 속히 생각을 바꾸고, 카페 주인 자신이 쓰려고 걸어둔 거라면 공용 화장실이 아닌 데로 옮기고, 환경 오염을 줄이고자 종이 타월을 쓰지 않게 하려는 목적이라면 그 의도를 실현할 다른 방법을 찾길.

　　화장실이 깨끗하기만 해도 다른 단점은 용서할 수 있을 정도로 화장실 문제는 심각한 사안이다. 다니는 카페 중 화장실이 괜찮은 곳은 두어 군데밖에 없다.

카페에서 커피로

내가 다닌 대학 앞은 다른 동네에선 보기 힘든 개성 있는 카페가 즐비했다. 미대 시간표는 네 시간짜리 실기 수업 위주로 짜였는데 그 시간을 다 채우는 교수는 없었다. 보통 한 시간 정도면 끝났고 길어야 두 시간이었다. 수업 방식도 강의가 아니라 강의실 앞에 앉아 있는 교수한테 학생 한 명씩 차례대로 과제를 검사받는 방식이어서 한 명당 5분이 고작이었다. 과제는 최소한의 시간만 들여 신속히 처리했으므로 언제나 시간이 남아돌았다. 남는 시간엔 친한 그룹별로 선호하는 카페에 모여 앉아 시간을 때우곤 했다. 이 카페, 저 카페, 하루도 카페에 가지 않는 날이 없었다. 카페에 다니는 습관이 붙은 건 그때였으리라.

헤이즐넛 커피가 유행이었다. 걸레 빤 물 맛이었다. 왜 하필 걸레 빤 물이라는 표현을 떠올렸을까. 걸레 빤 물 맛을 알 리 없는데! 뷔르츠부르크에 사는 지인을 통해 최근에야 안 사실인데 그 동네의 한 카페에서 파는 '진짜' 헤이즐넛 커피는 무척 맛있다고 한다.

아무튼 난 유자차나 핫초코를 주문하곤 했다.

제대 후 돌아간 학교 앞은 많이 변해 있었다. 떡볶이 골목은 헐려 도로가 되었고 고층 건물이 많아졌다. 대체로 싫은 기분이었지만 새로 생긴 한 카페에 관심이 갔다. 가격이 비싸서인지 사람이 많지 않았고 그래서 쾌적한 시간을 보낼 수 있는 곳이었다. 따지고 보면 비싸다고 불평할 수 없는 극진한 대접을 받았다. 추가 비용 없이 한 잔 더 마실 수 있었고 와인 셔벗이 서비스로 나왔다. 조각 케이크도 매번 곁들여 나왔다. 요즘같이 카페를 작업실처럼 이용하는 문화가 별로 없던 무렵이라 책을 읽거나 과제 구상을 하면서 눈치보지 않고 서너 시간씩 머물렀다.

당시 나는 한 학기에 두 번 땡땡이 치는 원칙을 정해두었다. 날씨가 좋거나 다른 일로 학교에 가기 싫을 때면 수업을 빼먹고 딴짓을 했다. 하루는 새로 발견한 그 카페에 가서 책을 읽고 싶었다. 다들 학교나 회사에 있을 시간이라 나 말고 다른 사람은 없었다. 이런 날 핫초코나 마실 순 없지. 땡땡이에 걸맞게, 모험 삼아 에스프레소를 주문했다. 우아한 꽃병처럼 생긴 자그만 도자기 잔에 나온 음료의 표면엔 기름진 거품이 떠 있었다. 손톱만 한 손잡이를 엄지와 검지로 살포시 쥐고 한 입 삼켰다. 아니, 삼킨 건 아니고, 입술을 잔에 대고 살짝 기울여 겨우 한 모금 입 안에 들였는데 너무 소량이라 그대로 혀에 흡수되어 삼킬 만한 건 남지 않았다. 열심히 입을 다셨다. 기분 좋은 쓴맛이었다. 고소한 맛도 났다.

그 적은 양을 어떻게 마셔야 할지 고민했다. 한 번에 쭈욱? 두어 번에 나누어? 요만한 걸 무슨 수로 나눠 마셔? 수면 아래 백조의 발길질처럼 잔을 입술에 살짝 대고 혀만 내밀어 야금야금 핥아야 앉아 있는 동안 유지할 수 있으려나?

어떤 아저씨가 말을 건 건 그때였다.

"에스프레소 좋아하세요? 에스프레소라는 게 그렇게 그냥 마셔도 좋지만 그 방법만 있는 건 아니거든요. 우유 거품을 얹으면 좀 더 부드럽게 드실 수 있어요. 괜찮으시면 제가 한 잔 더 드려도 될까요?"

카페 주인인 모양이었다. 마실 방도를 궁리하던 내겐 더없이 반가운 호의였다. 그땐 이름도 모르고 마셨지만 우유 거품이 얹혀 나온 에스프레소는 마키아토였겠지.

"한 잔 더 드실 수 있으면 이번엔 설탕 넣어서 드려 볼까요? 터키에서 수입해온 최고급 설탕이에요."

설탕은 터키 어딘가의 동굴에서 막 캐낸 듯한 돌멩이 모양이었다. 쓰게 시작해 달게 마무리하니 참 좋았다.

그날 이후 커피를 입에 달고 살았다. 닫힌 문이 열리자 마음도 너그러워졌는지 다른 카페에서 마시는 덜 맛있는 에스프레소도 먹을 만했다. 한번 수준을 높이면 다시 아래로 내려가기 힘든 줄만 알았지 한번 맛을 알면 그 계열을 다 끌어안을 수 있게 되는 줄은 몰랐다. 커피 없는 카페 생활에서 마침내 커피 생활로 들어섰다.

단골이라 미안합니다

여섯 명이 앉을 수 있는 큰 탁자의 모서리 쪽에 앉아서 작업 중. 세 명이 들어왔다가 자리가 애매하다며 그냥 갔다. 나 때문에 세 명이 그냥 갔을지도 모른다는 안타까움에 토스트랑 커피를 추가 주문했더니 커피는 서비스라며 토스트 값만 받았다. 단골이라 미안합니다.

탐색은 회굉하게

사전에서 우연히 '회굉(恢宏)하다'라는 단어를 발견했다. '마음이 너그럽고 도량이 크다'라는 뜻이란다. 이 단어를 쓰는 사람이 있을까? 이 단어는 발생 이후 지금까지 몇 번이나 발화되었을까? 거의 없었으리라는 전제를 깔고, 아무도 알아듣지 못하는 단어를 쓰는 데 무슨 의미가 있을까? 몰랐던 단어를 알게 되는 기쁨이나 어휘력을 키우고 싶은 마음은 차치하고 굳이 단어장에 각인할 가치가 있는 단어인지 먼저 판단해야 할 터.

내 사고는 몇 단계 도약해 카페 생활 점검에 이르렀다. 대체 서울엔 카페가 몇 개일까. 아직 못 가본 카페 중 내 입맛에 맞는 커피를 내는 데도 있겠지. 그걸 알아내려면 더 열심히 찾아다녀야겠지. 많이 다닐수록 실망도 더 많이 하겠지. 지금 좋아하는, 검증된 몇 군데를 돌고 도는 편이 나을까, 실망을 감수하며 새로운 곳을 탐색하는 편이 나을까.

요새 와인을 탐색하는 과정과 같은 패턴이다. 동네 와인 가게에 들어오는 와인 중에 만족스러웠던 것만 사면 맛은 보장되지만 재미는 덜하다. 계속 새로운 걸 마셔보지만 마음에 드는 놈은 드물다. 하지만 실망을 포함한 탐색 자체가 재미이고 그 실망 역시 수확이다. 이 과정을 돈 낭비 또는 실패로 여기는 사람의 선택은 다를 테고 거기서 인생이 갈라진다.

ⓓ카페. 두어 달 전에 맛있게 마신 온두라스가 더는 보이지 않기에 주인장에게 문의했다.

"온두라스의 어느 농장이었는지 기억하세요?"

"앗. 아니요. 에티오피아 시다모니 예가체프니 몇 종류 있고 그 외 지역은 한 가지씩만 있길래 지명만 알면 충분한 줄 알았어요."

"커피를 재미없게 마시는 거죠. 저도 처음에는 그게 다인 줄 알았는데 어마어마하게 다양하다는 걸 나중에야 알았어요. 커피 산업이 상상 이상으로 거대하거든요. 커피 수입하는 사람도 많아져서 크고 작은 농장의 다양한 원두가 들어와요. 저는 이것저것 다 궁금해서 계속 다른 농장의 원두를 조금씩 가져오거든요. 일주일 만에 동나는 경우도 있어요."

약간 건방지게 말해보자면, 나한테 최적화된 카페 아닌가!

ⓓ카페의 커피는 뜨겁고 짙어, 원두와 상관없이 흡족하다. 특히 기억에 남는 원두는 앞서 언급한, 농장 이름은 모르는 온두라스산과 콜롬비아 나리뇨 엘리몬(그날 이후 전체 이름을 적어둔다)이다. 산미가 독특했다.

지구 최악의 인간

잊을 수 없는 참사가 있다. 카페에서 클라이언트를 기다리다 화장실에 갔는데 앞서 들어갔던 여덟 살쯤 되어 보이는 남자애가 나왔다. 화장실에 들어선 나는 경악했다. 뒤쪽과 폴록을 싸잡아 비웃듯 변기에 액션 페인팅을 경쾌하게 갈긴 것이다. 경쾌한 움직임에 걸맞은 맑고 노란 물감이었다. 0.1초 만에 문을 닫고 열심히 손을 씻었다. 눈도 씻고 침도 뱉었다. 입고 있던 옷도 다 벗어서 태우고 싶었지만 라이터랑 휘발유가 없어서 꾹 참고 화장실에서 나오는데 바로 뒤이어 한 여자가 들어갔다. 심지어 눈도 잠깐 마주쳤다.

'아…… 안 되는데!'

이미 늦었다. 0.1초 만에 화장실 문이 다시 열렸다. 내 옆을 지나며 쏘아보는 여자의 눈엔 지금도 자다 벌떡 일어날 정도로 밀도 높은 순수한 살기가 서려 있었다. 자리로 돌아간 여자는 같이 온 친구와 함께 내 쪽을 흘깃거리며 대화에 열을 올렸다. 어떤 내용일지는 짐작하기도 싫었다.

만약 그 사람이 그날 만나기로 한 클라이언트였다면 어땠을까. 난 그의 얼굴을 모르지만 그는 알고 있어서 화장실 사건 직후 문자로 미팅을 취소하고 바로 회사에 돌아가 사내 공유 파일에 짤막하게 기록을 남기는 것이다.

'지구 최악의 인간. 인간의 습성이라곤 카페에 출입한 다는 점이 전부인데, 카페 출입은 바퀴벌레도 함. 어떤 일도 절대 의뢰하지 말 것.'

얼굴도 제대로 못 본 그 사람한테 난 최악의 인간으로 기억되겠지. 그날의 충격이 전설처럼 대대손손 이어질지도 모른다. '지구 최악의 인간을 만난 적이 있단다…….'

억울하다. 가만, 혹시 그 꼬마도 나처럼 억울하게 누명 쓴 걸까?

늙은 생기

노인 커플이 들어와 앞자리에 앉았다. 별생각 없이 작업하고 있는데 할머니의 목소리가 들렸다. 생기 있는 목소리였다. 생기에 대해 딱히 고찰한 적은 없지만 할머니의 목소리에 깃든 불가사의한 기운이 말로만 듣던 생기라는 걸 알 수 있었다. 생기는 나이와 상관없는 것이었다. 청년이라도 얼마든지 생기 없을 수 있다. 할머니의 말투는 발랄하기도 했다.

할아버지는 머리가 하얗게 세었는데 그나마 거의 없어 할머니보다 훨씬 성숙해 보였다. 말수가 적었는데도 태도가 무뚝뚝하지 않았다. 할머니의 말에 '히~'에 가까운 소리를 내며 흐뭇한 미소로 화답했다. 눈이 계속 웃고 있었다.

할아버지는 작은 가방에서 아이패드를 꺼내 탁자 위에 올리고선 뭔가 열심히 터치했다. 작동법을 모르면 할머니한테 물었고 그러면 할머니가 알려줬다. 대화 내용으로 보아 뉴스를 검색하는 모양이었다. 익숙하지 않은 기술이지만 멀리하지 않고 받아들이려는 자세가 몸에 밴 듯 자연스러웠다. 할아버지가 이어폰을 꽂고 뉴스를 보는 동안 할머니는 잠깐 밖에 나갔는데 곧 다시 들어오며 '아으, 춥다' 하자 할아버지는 또 '히~' 했다.

　인생에서 몇 번이나 마주칠 수 있을지 모르는 달달한 시퀀스였다. 존경하는 뜻을 담아 알아차리기 힘든 각도로 살짝 목례했다.

맛있는 커피

예전에 한 번 맛본 인생 최고의 토스트 맛을 재현하려고 별의별 방법을 다 써도 실패하던 중, 그날 비가 많이 왔다는 기억이 떠올라 빵을 구울 때 약간의 물을 더했더니 그 맛이 났다는 발뮤다 토스터 탄생기는 유명하다. 나처럼 비과학적으로 사고하는 사람이라면 '그래, 쌀쌀한 날씨에 비까지 맞아 홀딱 젖은 상태였으니 작년에 사둔 식빵으로 만들었다 해도 맛있지 않았을까? 분위기도 한몫 거들었을 테고' 하고 말았겠지만 '비 오는 날'을 '습도'라는 객관적 지표로 전환해 맛의 평균점을 올렸다는 점이 인상적이다. 그래도 그날의 토스트와 완벽하게 동일한 맛은 영원히 내지 못하겠지만.

친구랑 카페에 갔다.

"난 여기 온두라스 좋아하는데 처음 왔을 때의 맛이 더 이상 안 나더라고."

"처음 인상이 가장 강하니까. 나도 매일 마시지만 첫 모금이 최고더라. 두 번째 모금도 벌써 달라."

"그건 진짜 기분 탓 아닐까?"

"그럴지도 모르지만 객관적 조건도 미세하게 바뀌긴

하지. 첫 모금과 다음 모금 사이에 온도도 살짝 내려갈 테고."

"야, 매일 마시는 커피의 첫 모금이 언제나 정확하게 같은 온도일 리 없잖아. 그런 논리라면 네 번째 모금이 가장 맛있기도 했다 두 번째 모금이 가장 맛있기도 했다 해야 되는 거 아냐?"

"말이 그렇단 거지. 아무튼 맛은 객관화하기가 거의 불가능해서 커피 하는 사람들도 무슨무슨 뉘앙스가 있다는 식으로 말하지 맛이 있다 없다 하진 않더라고."

"하지만 분명 맛이 있는 집이 있고 없는 집이 있지."

"그런데 그게 주관적이라는 거지. 니가 맛없다고 한 커피를 좋아하는 사람도 있을 거 아냐."

"그렇겠지. 카페 주인이 추구하는 커피가 맛없는 커피일 리는 없으니까. 하지만 맛이 있고 없고도 분명히 있잖아. 모든 맛에 차이만 있을 뿐 질을 가릴 수 없다는 주장은 받아들이기 힘든데."

"니가 좋아하는 맛 기준으로 1번으로 5번까지 매긴다고 쳐. 니 1번과 내 1번은 다를 테고 번호 매긴 사람마다 다 다를 텐데, 그 안에서 비슷하게 겹치는 부분이 있겠지. 그 정도 아닐까? 다수가 맛있다고 하더라, 하는. 만장일치 1번은 불가능한 영역. '나는 어떤 맛이 좋다'라고 말할 수는 있겠지."

"뭐가 좋은 맛인지 규정할 수 없다고?"

"일반적으로 물은 몇 도, 원두 분량은 몇 그램, 내리는 시간은 몇 분, 하는 데이터는 있지만 그 레시피대로 만든 커피가 모두한테 똑같이 맛있는 건 아니니까."

"하지만 다들 어디가 맛있네, 맛없네 하는 말을 잘도 하더만."

"다들 자기 의견 말하는 거지 뭐. 와인에 로버트 파커 점수라는 게 있어. 로버트 파커라는 사람이 자기 입맛에 따라 매긴 점수야. 그런데 워낙 영향력이 큰 인물이다 보니 이 사람 입맛이 어떤 기준으로 작용하는 거지. 돈 내고 사야 하는데 뭐가 무슨 맛인지 모르잖아. 그럴 때 참고할 만한 지표. 절대 기준은 아니고."

"니가 좋아하는 커피는 어떤 커피야?"

"난 요새 커피 안 마셔. 위가 안 좋아서. 오늘 오랜만에 마시는 거야. 오래 참았으니 한 잔 정도는 괜찮지 않을까, 하고. 근데 여기 커피는 진해서 다 마시기가 좀 무섭네. 가끔 정말 마시고 싶을 땐 티포트에 우려서 보리차처럼 연하게 마셔."

"그냥 차나 제대로 마시지 뭘 그렇게까지 억지로 마시냐."

"내 말이. 그래서 차 맛에 익숙해지려고 하는 중이야."

가는 길에 원두를 사자 주인장이 몇 가지 지침을 줬다.

반드시 밀봉하세요. 밀봉해서 냉동실에 보관하시면 더 오래가요. 물은 많이 뜨겁게. 펄펄 끓는 물로 내리셔도 좋아요.

보통 아주 뜨겁지 않은 온도가 맛있다고들 하는데 난 이렇게 널리 알려진 원칙을 깨면서 더 나은 상태에 도달한 사람이 좋다.

이기심 만세

은재의 직장은 파주다. 나도 몇 번 가 봤는데 동네에 맛있는 커피가 없다. 있는데 우리가 모를 뿐일지도. 아무튼 한 주 내내 맛있는 커피가 그리울 수밖에 없다. 요즘 우리는 오직 커피를 마시러 외출한다. 택시를 타고서라도 간다. 그 정도로 맛있는 커피가 간절한 것이다.

　　주말. 카페에 갔는데 빈자리가 없었다. 심지어 서너 명이 줄을 서 있었다. 발길을 돌리려는데 안에서 누가 손을 흔들었다. 수현 씨가 친구와 있었다. 오랜만이라 서로 근황을 브리핑했다.

"그런데 커피, 드시고 가실 거예요?"

"그러려고 왔는데 자리가 없네요."

수현 씨가 대기 줄을 흘깃하고는 속삭였다.

"저희 이제 갈 건데 여기서 드실래요?"

허술한 시스템(대기번호 발급 등의 제도가 없는 곳이었다)을 이용한 인맥 동원 비리를 제안받은 셈이었다. 당연히 수락했다. 대가성 뇌물도 요구하지 않으니 마다할 이유가 없었다. 문밖에 있던 대기자 무리에서 약간의 동요가 감지되었지만 시선을 거두며 시야에서 벗어난 구역이라고 세뇌했다. 이기적이고 뻔뻔하다고? 조카 명의로 부동산에 투기한 것도 아니고 커피에 독을 탄 것도 아닌 데다 오늘의 소행 정도는 상쇄할 만큼의 공덕을 평소에 쌓아왔다(고 생각한다). 이럴 때 인간의 나약함은 제법 좋은 구실이다. 살면서 누구나 한 번쯤은 실수할 수 있지 않나요? 상습범도 아니고요. 한편 여자친구의 고통을 덜기 위해 내가(자리에 함께 앉긴 했지만 비리 청탁에 응한 건 나다. 은재는 아무것도 몰랐다) 파렴치한이 되겠다는 희생정신으로 해석될 여지가 없는 것도 아니니⋯⋯ 생각하면 그게 오히려 합리적인 대응일지도 몰랐다. 대기자들에게 상황을 설명하고 양해를 구하면 오히려 이상한 사람 취급받는 세상 아닌가. 사소한 일로 괜한 물의를 빚느니 차라리 욕을 먹자.

　고뇌에 빠진 채 주문을 마치고 자리에 앉았다. 5분 뒤, 문밖의 줄은 테이크아웃 대기 줄이었음이 밝혀졌다. 일생일대의 시련으로 격랑에 휩쓸리다 마침내 고요한 수면에 다다라 따스한 볕을 쬐자 커피 맛이 배가되었다.

그게 뭐라고

길냥이한테 밥 주는 카페는 호감도가 올라간다.

내가 만드는 커피

회사에 다니던 시절엔 무자비한 야근이 기본 장착이었다. 밤 10시 전에 퇴근한 기억이 별로 없다. 밥은 늘 회사 사람들과 먹었다. 어차피 취소할 게 뻔했으므로 약속 따위는 아예 잡지 않았다. 회사 탕비실에서 타는 인스턴트 커피의 달착지근하고 끈적끈적한 맛에 익숙해진 것도 그때다. 소모적인 직장 생활에서 약간의 색다른 맛이라도 찾아보고자 나만의 레시피를 만들었다.

(1) 종이팩 우유를 산다.
(2) 우유를 중탕한다.
(3) 머그잔에 커피 가루를 넣는다. 설탕은 옵션.
(4) 중탕한 우유를 부어 잘 섞는다.

회사 대표는 하루도 빠짐없이 반주를 했다. 매일 두세 끼를 같이 먹다 보니 어느덧 나도 반주 없는 밥은 맛이 없다고 느끼게 되었다. 어느 날 대표가 조니워커 위스키를 선물로 받아왔다.

"난 위스키 맛은 모르니 마실 사람 드세요."

위스키는 탕비실에 방치된 채 잊혀진 디자인 시안처럼 무관심 속에서 나이만 먹어갔다. 여느 때처럼 커피를 제조하던 내 눈에 쓸쓸한 그림자가 드리운 조니가 들어왔다. 조니에겐 친구가 필요했다. '안녕, 조니. 중탕 라테랑 인사하렴.' 조니와 중탕 라테는 곧바로 절친이 되었다. 중탕 라테에 조니워커를 한 술 섞은 조니 라테는 조니의 생이 다할 때까지 나의 최애 음료였다. 조니의 죽음을 받아들일 수 없던 중탕 라테는 시름시름 앓다가 조니의 뒤를 따랐다. 더는 중탕 라테를 만들지 않았다.

몇 년 뒤 회사를 두 번 옮겼고 그 회사에 친구를 영입했다. 옆자리에 배정된 친구는 출근 첫날 가방에서 드립 커피 도구를 꺼냈다.

"너도 한잔 줄까?"

아메리카노와 카푸치노만 번갈아 마시던 시기였다. 에스프레소 머신이 없어도 꽤 괜찮은 커피를 만들 수 있다는 걸 알았다. 퇴사할 때까지 친구의 도구를 같이 썼다.

그 회사는 내가 다닌 마지막 회사였고 이후 집에 사무실을 차려 프리랜서 생활을 시작했다. 새 컴퓨터와 함께 가장 먼저 마련한 건 드립 커피 도구였다. 사용법이 단순한 조그마한 전동 그라인더, 도자기 재질의 드리퍼, 종이 필터. 드리퍼를 머그잔 위에 얹어 전기 포트로 물을 부었다. 그땐 커피를 내리는 레시피가 있는 줄도 몰랐기에 원두량, 온도, 속도 등 맛을 좌우하는 모든 요소가, 좋게 말해 창의적이었다. 매번 맛이 다른데도 왜인지 거슬리지 않았다. 방금 내 정신을 유지하는 비법을 누설했다. 매사 지나치게 따지며 산다고 걱정하는 이여, 난 '모든' 일에 예민한 게 아니라 특정 영역에만 그런 것이다. 매번 다른 커피 맛이 별로 거슬리지 않아 첫 드립을 시작한 지 십수 년이 지난 지금까지도 엉망진창으로 내려 마신다. 원두 살 때 받는 레시피는 호기심에 한번 들여다볼 뿐이다. 그런 주제에 도구는 여러 번 바꿨다. 맛은 들쭉날쭉해도 괜찮지만 커피를 제조하는 풍경만큼은 해롭지 않았으면 한다.

현재는 도자기 드리퍼 대신 케멕스와 온도 조절 및 유지 기능이 있는 드립 전용 전기 포트를 쓰고 있다. 별다른 노력 없이 기울이기만 해도 물줄기가 가늘게 나온다. "명필은 붓을 가리지 않는다"는 속담이 있는데, 붓을 가리지 않는 자는 어리석을 확률이 높다. 가려 쓰는 재미를 모르는 명필이랑은 놀지 말아야지.

자기 자신에 관한 정보도 평생 시간과 노력을 들여야 알 수 있는 법이다. 난 얇은 잔에 입술이 닿는 느낌을 훨씬 좋아하고 한 번에 마시는 양이 적은 편이라 얇고 작은 잔을 쓴다.

직접 내려 마시려면 원두를 사야 하는데 이게 또 꽤 골치 아픈 일이다. 매일 카페에 가니 직접 내려 마시는 횟수가 많지 않기 때문에 150그램 한 봉지를 사면 빨리 마셔도 2주 이상은 가고 심하면 한 달까지도 간다. 신선도를 유지한답시고 반도 넘게 남은 원두를 버리기는 내키지 않아 맛과 향이 다 날아간 원두를 쓰곤 했다. 냉동시키면 맛과 향이 훨씬 오래간다는 사실을 최근에야 알았다.

긴자의 그 카페가 동네에 있었으면! 원두를 주문하면 그 자리에서 로스팅해준다. 보통 30분 정도 걸린다. 효율을 우선순위에 두면 제공할 수 없는 서비스다. 어느 한쪽이 약간의 비효율을 감당하면 질이 올라간다. 이렇게 올라가는 질을 손해라고 생각하는 관점이 지배적인 한 큰 변화를 바라기는 힘들겠지만. 에스프레소 기반 음료보다 핸드드립 커피가 세 배쯤 비싼 유럽에 가면 노동을 대하는 관점이 얼마나 다른지 새삼 깨닫는다.

나도 모르게 점점 노동을 줄이고 싶은 마음인지 요샌 콜드브루 커피를 사다가 찬물 또는 완전 뜨거운 물에 1대 1로 희석하거나 원액을 온더락으로 마시곤 한다. 편의성을 경계하는 편인데 큰일이다.

바쁜 대화

집에 가는 길에 Ⓐ카페 사장님과 마주쳤다.

"이제 들어가세요?"
"예, 오늘은 하루 종일 외근이었네요."
"저희 가게에 안 오시는 건 좋은 일이군요. 바쁘시다는
뜻이니."
"카페에 가는 것도 바쁘다는 뜻이에요."

카친 파티

"기준 씨, 다음 주 토요일에 시간 되세요? 우리 집 내놨어요. 앞으론 미국에서 더 오래 시간 보내게 될 것 같아요. 이제 방학 때 올 수 있어요. 그래서 파티 하려고 해요. 4시 이후부터 쭉이니까 시간 될 때 오시면 돼요."

덕우 씨는 '카친'(카페 친구)이다. 거의 매일 출근하다시피하는 동네 단골 카페에서 만난 친구. 누가 언제 어디로 휴가 가는지 알 정도니 직장 동료나 마찬가지다. 현재 일하는 직원 누구보다도 내 '재직' 기간이 더 길다.

처음엔 가끔 가다 점점 빈도가 높아져 안 가는 날보다 가는 날이 많아졌는데 그러다 보니 비슷한 시간대에 마주치는 사람이 생겼다.

흉추까지 기른 파마 머리, 선비 수염, 아령으로 써도 될 만큼 무거워 보이는 두꺼운 뿔테 안경. 한 번 보면 잊기 힘든 인상을 남기는 중년 남자가 어느 시점 이후 거의 매일 보였다. 언제나 빈티지 복장이었다. 1970년대에서 거슬러온 듯한 차림새에 가끔 솜브레로 버금가는 챙 넓은 모자를 쓰고

등장했다. 녹두장군 전봉준한테 채스 테넌바움의 아디다스 추리닝을 입힌 듯한, 시공을 넘나드는 감각이었다. 그는 녹두떡 대신 개피떡, 술떡, 절편, 인절미, 백설기 등 떡을 항상 챙겨 와 커피에 곁들였다. 뭐 하는 사람인지 궁금해 흘긋 보면 아이패드를 펼쳐 뭔가를 그리거나 책을 읽었고 가끔 라이카 카메라를 곁에 두기도 했다. 오전에 카페 오는 걸 보면 일반 직장인은 아닌 모양이었다. 어느 날, 녹두장군이 내게 말을 걸었다.

"저, 실례가 안 된다면 하나만 여쭤볼게요. 뭐 하는 분이세요?"

생각하니, 저쪽에서도 이쪽이 궁금할 만했다. 녹두장군 상준 씨와 간략한 신상 정보를 교환한 후로 인사를 주고받는 사이가 되었다.

덕우 씨는 상준 씨보다 늦은 시기에 나타났다. 나보다 조금 더 일찍 출근해 '내' 자리에 앉아 오래된 맥북으로 일했다. 깔끔하게 다듬은 짧은 머리, 검은색 타원형 뿔테 안경, 어두운 피부, 반팔 티셔츠에 반바지, 컨버스 운동화, 스케이트보드. 옷을 갈아입는지 알아차리기 힘들 만큼 늘 비슷한 톤으로 같은 스타일을 유지했다. 일하면서 이어폰을 꽂은 채 영어로 통화하곤 했다. 가끔 한국 사람이랑 통화할 때는 능숙한 영어와 서툰 한국어를 섞어 썼다. 미국에서 태어났거나 어릴 때 이민 간 모양이었다. 몇 번 얼굴을 마주치

자 덕우 씨가 먼저 서툰 한국어로 인사했다. 나중에 알았는데 덕우 씨는 대단히 사교적인 사람이었다. 동네 주민 모두와 알고 지내는 듯했다.

"파티 준비하느라 아침부터 할 일이 많았거든요. 제가 뭐 좀 사다 달라고 해서 11시 반에 집에서 나갔는데 글쎄 1시 반에 왔어요. 걸어서 10분 거리를!"

아내 은정 씨가 파티 자리에서 규탄했을 정도다.

"아니, 나 excuse 있어. 오다가 아는 사람 만났는데 인사하고 났더니, like, 1미터 뒤에 또 아는 사람 만났어. 그다음에, like, 2미터 뒤에 또 누구."

덕우 씨의 항변은 특유의 사교성을 아는 모두를 웃길 뿐이었다.

한번은 덕우 씨가 허겁지겁 카페에 들이닥쳤다.

"저 지금 빨리 가야 돼요. 그래서 커피만 사 가지고 갈 거예요."

잠깐 앉아 친근함을 표할 시간이 없어 안타깝다는 표정으로 용서를 구하듯 말하고는 카페라테를 뜨겁게 한 잔, 차갑게 한 잔 테이크아웃으로 주문해 받아들고 문을 향해 돌아서는 순간 또 다른 지인이 들어섰다. 그러자 덕우 씨는 방금 전의 변명이 무색하게 그 자리에 서서 10분 넘게 담소를 나눴다. 미지근해졌을 카페라테 두 잔 때문에 진땀 흘리는 건 덕우 씨를 제외한 나머지 사람들이었다.

사교성 좋기로는 상준 씨도 못지않다. 상준 씨 말로는 자신도 자기가 이런 성격인 줄 몰랐단다. 인간이란 존재는 쉰 줄에 이르러서도 새로이 발견되는 영역이 있나 보다.

여러 해 전, 이십대 후배가 육십대 선배에게 물었다.

"저희는 언제쯤 나아갈 길을 알 수 있을까요?"

업계에서 일가를 이룬 선배가 답했다.

"인간은 죽을 때까지 확신이라는 게 없는 것 같아. 나도 이 길이 맞는지 잘 모르겠어."

우리는 끝끝내 자신이 어떤 사람인지 제대로 모르는 채 죽음을 맞이하겠지.

그날 파티에 카친은 물론 카페 직원도 다 참석했다. 카페에서 맺은 인연이 이렇게까지 이어질 줄 몰랐다.

알고 보니 카친 모두 같은 식당의 단골이었다. 상준 씨와 덕우 씨 가족의 출국을 앞두고 식당을 운영하는 부부의 제안으로 마지막 만찬을 들었다. 우리를 위해 저녁 영업을 접고 메뉴에 없는 잡채와 등갈비 김치찌개를 만들어준 부부의 마음에 은정 씨는 고맙다며 눈물을 흘렸다. 덕우 씨도 진솔한 연설로 청중을 울렸다.

"저희 가족 이 동네에 와서 좋은 추억 많았어요. 이제 더 이상 집이 없기 때문에 앞으론 한국에 와도 지금 같은 기분은 아닐 거예요. 그래서 마지막으로 우리 집에서 사랑하

는 친구들 초대해서 함께하고 싶었어요. 감사한 마음이 아
주 커요."

다정다감한 부부다.

커피 한 모금

"먼 산 바라보는 동안엔 시간이 멈춘다더라."

스물서너 살 땐가 문가에 앉아 커피 한 잔 놓고 멍 때리는 내게 나가던 사람이 툭 던지고 간 한 마디.

멍 때리는 동안엔 가라앉았던 침전물이 떠오른다. 커피 한 모금에 추억과 커피 한 모금에 사랑과(죄송합니다……) 그런 것들이 바닥에 눌어붙지 않도록 가끔 뒤적거리자. 건져올릴 것, 더 묵힐 것들을 솎아내는 작업에 커피의 암흑물질이 특효가 있다.

메뉴 열전

거의 매년 일본에 간다. 여러 가지 이유가 있지만 좋은 카페가 많다는 점도 한몫한다. 1980년대에 발행된 미국의 한 잡지에 도쿄의 커피 맛은 어딜 가나 수준이 높은 편이라는 기사가 실렸다고도 하고 내가 좋아하는 드립 커피의 발생지가 일본이란다. 게다가 제빵제과 분야는 세계를 선도하는 수준이라 하니 카페의 질적 토대가 탄탄히 마련되어온 모양이다.

　교토에 가면 아침을 먹으러 가는 카페가 있다. 언제 생겼는지 모르지만 1970-1980년대 느낌이 고스란해 촌스러운 분위기다. 부부로 추정되는 연세 지긋한 커플이 주인으로 보인다. 늘 주문하는 다마고 토스트와 블랙 커피 역시 공간을 닮아 멋 부리지 않은 소박한 스타일이다. 가장자리를 잘라 두 토막 내어 살짝 구운 식빵 사이에 촉촉한 계란말이가 들어 있다. 커피가 두텁고 진한 걸 보면 브루잉 머신에 미리 내려두었다가 따라 내는 것 같다. 여기에 우유와 봉지 설탕이 같이 나온다. 옷으로 치면 눈에 띄는 디자인도 아니고 비싼 옷도 아니지만 질이 좋고 어디에나 잘 어울려 나도 모르게 자주 입게 되는 셔츠 같은 맛이다. 더 이상 바랄 게 없을 만큼 편안하다.

차 타고 조금만 또는 산책 삼아 꽤 오래 걸어 이동하면 압도적인 위용을 자랑하는 다마고 토스트로 유명한 카페가 있다. 지표면을 뚫고 나오는 마그마처럼 식빵 사이에서 폭발하는 계란말이. 흔치 않은 스케일의 박력 때문에 인스타그램에 올리기엔 딱이지만 먹기엔 영 불편하다. 식빵은 맨 식빵이라 너무 힘이 없고 계란말이는 두께에 비해 보잘것없어 맛과 식감의 균형이 무너진다. 아무리 봐도 과시가 심하다. 나 역시 사진을 보고 호기심이 일어 방문했지만 다시 갈 생각은 없다.

찬 커피는 거의 마시지 않지만 도쿄에 가면 꼭 들르는 한 카페에서 아이스 카페오레를 마신다. 카페오레의 레시피가 크게 다르지 않을 텐데 현격한 맛의 차이는 어디서 오는지 모르겠다.

그 카페에서 멀지 않은 곳에 위치한 다른 카페에선 원두를 산다. 같은 원두라도 로스팅을 달리해 여러 상태로 판다. 커피 내릴 때 어떤 도구를 사용하는지 물어보고 그에 맞는 레시피를 적어준다. 커피 맛은 과학이라는 콘셉트인지 공간도 연구실처럼 꾸몄다. 직원들은 실험실 가운을 입고 커피는 비커에 내린다. 매장에서 커피를 마실 자리라곤 2미터 남짓한 바뿐인데 갈 때마다 누군가가 앉아 있었고 커피

한 잔 내리는 데 30분은 걸릴 듯 유유자적한 분위기라 그들이 직접 내린 커피는 아직 맛보지 못했다. 너무 섬세해서, 무딘 내 코와 혀는 밍밍한 맛으로 인식할지도 모른다.

난 비염이 심해 냄새를 제대로 맡지 못한다. 같이 사는 고양이 녀석이 똥 조각을 꼬리에 매달고 코 앞에서 흔들어도 모를 정도다. 그래서인지 무조건 진한 맛이 좋다. 맛은 냄새와 밀접한 관계라고 들었는데 그게 사실이라면 난 음식 맛을 제대로 몰라야 정상이다. 하지만 나를 관찰한 결과, 맛과 향의 세부는 대체로 놓치면서도 갖가지 요소를 종합한 총체로서의 맛은 어느 정도 구분이 가능한 것 같다.

늘 궁금했던 한 가지가 문득 떠오른다. 어째서 식당 커피는 맛이 없을까? 굉장한 요리와 와인을 내는 레스토랑에서도 커피는 형편없었다. 카페와 레스토랑에서 상정한 커피의 존재 이유가 다르리라는 추측이 가능하지만 그 귀결이 맛없는 커피라는 건 납득이 가지 않는다. 냄새도 맛도 제대로 모르는 내 입맛에도 이토록 별로인데(그래서 별로일까?) 그들의 입맛에는 괜찮은 걸까? 더 파헤쳐볼 만한 사안이다. 내 기준으론 '던킨도너츠'의 커피가 웬만한 카페나 식당보다 낫다. 안타깝게도 주력 상품인 도넛은 별로지만.

이런 상황을 감안하면 서울의 Ⓕ카페는 천국이다. '지옥 맛을 보여주마' 싶은 커피와 '이래도 죄책감이 안 드니?' 싶게 느끼한 갈레트 브루통, '치즈케이크에 치즈 말고 뭐가 더 필요해?' 싶은 치즈케이크는 속이 후련할 정도로 진득한 맛을 보여준다. ⒡카페는 카페라테를 유별난 방식으로 서빙한다. 에스프레소와 데운 우유를 따로 들고 와 주문자의 눈앞에서 부은 다음, 그 자리에서 한 모금을 '반드시' 맛보게 한다. 주문자가 마시는 걸 옆에서 확인하고서야 카운터로 돌아간다. 첫 모금의 텍스처가 좋아 타이밍을 놓치면 안 되기 때문이란다.

한번은 카페에 처음 온 커플이 내 옆자리에 앉았다. 카페라테 퍼포먼스가 끝나고 잔을 건네받은 커플은 음료를 바로 마시는 대신 탁자에 내려 두고 사진을 먼저 찍었다. 3초쯤 걸린 것 같다. 촬영을 마친 커플의 만류에도 불구하고 카페 직원은 타이밍을 놓친 카페라테를 압수했고, 새로 만들어 와 첫 모금을 마시는 모습을 엄숙하게 지켜봤다. 원칙을 지키고자 하는 의지와 자부심을 확인한 장면이었다. ⒡카페의 블렌드 커피는 융 드립인데 물 용량에 따라 60cc, 120cc, 150cc로 나뉜다. 난 120cc에 당근 주스를 곁들인다.

반년 간의 긴 겨울이 저물고 (기다리던 봄은 건너뛴 채) 여름이 시작되자 ⒟카페는 임시 메뉴로 파나마 에스메랄다 게이샤 온더락을 낸다는 공지를 인스타그램에 올렸는데, 하필 비가 오고 쌀쌀한 날이었다. 임시 메뉴라고 하니 앞으로 마실 기회가 있을지 없을지 몰라 한겨울에 냉면 먹는 기분으로 갔다. 위스키 잔에 큼지막한 얼음 한 덩어리를 넣고 원액을 부어 나왔다. 눈과 혀 모두 즐거웠다.

ⓑ카페엔 터키식 달임 커피가 있다. 라면 수프 끓이듯 커피 가루에 물을 넣어 달여 내는 모양이다. 주전자 바닥에 가라앉은 가루가 떠오르지 않도록 아무리 조심조심 잔에 따라도 가루는 섞이기 마련이다. 잔에 남은 가루 흔적으로 점을 치기도 한단다. 인간의 정신은 대단하다. 불안을 일으키는 요소를 제거할 수 없을 땐 스스로를 속여서라도 위안을 얻을 방법을 찾아낸다. 아무튼 터키식 커피는 무척 진해 터키쉬 딜라이트를 곁들인다. 커피 한 모금에 젤리 한 조각. 어쩐지 터키식 커피를 알기 전부터 커피 마실 때면 하리보 젤리가 당기더라니 달임 커피를 좋아하는 유전자를 지니고 태어난 것 같다.

ⓒ카페는 바스크 치즈케이크를 굵은 소금과 함께 낸다. 굵은 소금에 찍어 먹는 바스크 치즈케이크와 와인의 조합을 보는 순간, 미처 몰랐지만 그렇게 먹고 싶었다는 걸 깨달았다. 점심과 저녁 사이의 간식으로도 탁월하다. 적절한 메뉴 구성은 인문학의 하위 분과로 취급해도 되지 않을까? 인문학이 아니라 마법일지도 모르겠다.

그런데 어째서 베트남식 달걀 커피를 내는 곳은 없을까? 몇 해 전 베트남에 여행 갔을 때 지인이 달걀 커피의 존재를 알려줬다. 호치민 시와 다낭에 머무는 동안 매일 카페에 갔는데 어디에도 없던 달걀 커피는 우발적으로 들른 호

이안에 있었다. 달걀의 점도 때문인지 마시는 음료가 아니라 숟가락으로 떠 먹는 디저트에 가까웠다. 살짝 굳힌 다방 커피 느낌으로 굉장히 달았다. 정보를 어디서 구하는지 용하다 싶은 만큼 별의별 장소와 물건을 찾아내는 시대에 달걀 커피의 존재를 모를 리 없다. 아무도 처음 시도할 용기를 내지 못하는 걸까? 카페에서 자주 들리는 질문이 "뭐가 맛있어요?" 또는 "뭐가 잘 나가요?"다. "뭐가 잘 나가요?"는 일부러 찾아온 만큼 실패하기 싫은 심리를 대변하는 질문이라고 이해할 만하지만 "뭐가 맛있어요?"는 무슨 의미인지 잘 모르겠다. 아무튼 그런 질문이 나오는 심리와 맞닿아 있는 것 같다. 아니면 커피라고 하기 곤란해서? 우유만 넣어도 커피 취급을 하지 않는 사람이 있는 마당에 달걀 커피는 음료라 부르기에도 애매하니까. 전자가 문제라면 달걀 커피 대신 다른 이름을 만들어도 될 테고 후자가 문제라면 디저트 항목에 넣으면 그만일 텐데.

한 열대 지역의 카페에선 커피와 과일을 같이 주문해서 마시곤 했는데 입안에 남은 커피의 무거운 맛을 신선한 과육과 과즙이 씻어주어 무척 상쾌했다.

작은 미소

아빠를 따라 카페에 들어온 꼬맹이가 직원한테 뭐라고 웅얼거린다. 무슨 소리인지 알아듣는 사람이 아무도 없다. 아빠가 허리를 숙여 집중해 듣는다.

"아. 볼을 깨물어서 밥을 잘 못 먹는다는 말이에요. 참나, 별소릴 다 하네."

카페 안에 있는 사람들의 표정이 일제히 밝아졌다.

가계부

돈이 모이지 않는다고 하자 가계부를 쓰라고 권유받았다.
커피를 주문하고 앉아 가계부 앱을 열었다.

어느 항목에 체크하지? 식비? 생필품? 문화생활? 건
강? 품목은 커피지만 어떤 항목에도 적용 가능하고 심지어
지금은 글쓰기에 필요해서 주문한 거니까 문구로 볼 수도
있지 않나?

사소한 일로 허를 찔리자 커피가 평소보다 더 당겼다.
두 잔을 마시도록 끙끙 앓다 아무 데도 체크하지 못하고 글
도 못 써 심란해진 채 카페를 나와 술을 마시러 갔다.

술은 어디다 체크하지? 건강? 생필품? 의료? …… 문구?

돈이 어디로 빠져나가는지 신경 쓰다 혼이 빠져나가겠
다. 가계부여, 안녕.

후르르르륵-하아아

여러분은 커피를 어떻게 드시는지?

　　오물오물, 조심스럽게 파스타를 길어 올리듯 조용히 마시는 사람이 있는가 하면 입술을 오므려 움츠러든 구멍으로 후르르르륵, 막혔다가 뚫린 하수구로 물이 흘러나가는 듯한 소리를 내며 마시는 사람도 있다. 목구멍으로 넘기고선 하아아, 하고 저도 모르게 감탄사를 토하기도 한다. 나뿐 아니라 주변의 꽤 많은 지인이 후르르르륵 소리를 내며 마신다. 봄/여름의 후르르르륵보다 가을/겨울의 후르르르륵이 제맛이다. 그렇다고 다른 음료를 마실 때도 후르르르륵 마시는 건 또 아니다. 어째서인지 커피를 마실 때만 이 소리를 낸다. 소주 마실 때의 크으으, 맥주 마실 때의 아으으, 와인 마실 때의 으으음 같은 걸까? 우유나 당근 주스 마실 때는 누구도 크으으나 아으으나 으으음이나 후르르르륵을 하지 않는다. 짝으로 맺어진 영혼의 주파수 같은 소리이려나.

　　먹고 마시는 소리에 관해 기억나는 장면 몇 개.
　　먹고 사는 데에 어른들의 모든 에너지를 쏟아부어야

했던 집안에서 자란 터라 딱히 식탁 예절을 배운 적이 없다. 외식할 여유는 없었기에 처음으로 사 먹는 밥을 먹은 게 열세 살쯤이었다. 동석한 한국계 외국인이 쩝쩝거리며 맛있게 먹는 나와 동생한테 먹을 때 입을 벌리지도 소리를 내지도 말라고 했다. 어머니는 애들 밥 먹는데 뭐라고 한다며 그 사람한테 핀잔을 주었지만 그는 어렸을 때 입양되어 한국말을 알아 듣지 못했다. 난생 처음 바디랭귀지로 지도받은 식탁 예절은 뼈에 각인되어 훗날 대학 친구들이 라면을 참 우아하게 먹는다고 할 정도로 식습관을 지배했다.

시간이 흘러 대학을 갓 졸업한 나는 두 번째 직장의 사장님과 안동국시를 먹으러 갔다. 그날 받은 충격은 열세 살 무렵의 첫 식탁 예절 교육을 압도해 식습관이 바뀌는 전환점이 되었다. 국시(사장님: "이건 국시지 국수가 아니야")가 나오자 사장님은 곧바로 젓가락을 들어 츠르르르릅 하고 3분의 1을 논스톱으로 흡수하더니 턱이 움직이는 기미는커녕 목구멍으로 뭐가 넘어가는 것 같지도 않았는데 지체없이 츠르르르릅 3분의 1을 더 빨아들인 다음 으어어어어어 포효를 내지르고 남은 국시를 쯔읍 쯔읍 쯔으으읍 하고 레가토로 마무리했다. 신들린 연주에 얼이 빠진 채 존 케이지의 〈4분 33초〉풍으로 국시를 오물거리는 내게 사장님은 면은 그렇게 먹는 게 아니라며, 후루룩 빨아들여야 더 맛있다고, 그렇게 먹지 않을 거면 굳이 면 형태로 먹을 이유가 없다고, 면의 본질에 이르는 가르침을 하달했다. 아닌 게 아니라 사장님이 자시는 소리는 정말 매혹적이어서 그동안 국수를 헛먹었다고 한탄하고 말았다. 먹고 마시는 행위는 시각, 후각, 미각, 청각, 촉각을 두루 활용하는 종합예술, 굳이 청각을 따돌릴 이유가 없다. 경직된 예절보다 편안한 몸가짐이 맛을 돋운다.

시간이 더 흘렀고, 영화를 봤다. 주요 캐릭터인 킬러는 얼마나 자기관리가 철저한지 간식도 언제나 당근인데(시력에 좋은 당근을 입에 달고 삶으로써 사격에 필요한 시력을 유지한다) 얼마나 실력이 좋은지 가끔 간식을 무기로 활용하기도 한다(당근의 뾰족한 부분으로 인체를 푹!). 아무튼 이 영화의 한 장면에서 곧 죽을 경비원이 커피를 마시고 있다. 뜨거운 커피를 후르르르륵, 목구멍에 넘긴 다음 하아아 감탄사까지.

영화에서는 후르르르륵-하아아의 사운드를 유달리 강조하면서 결코 호감을 주지 않는 방식으로 묘사한다. 심지어 주요 캐릭터가 그 소리를 흉내내며 비아냥거리기까지 하니 '으웩, 무슨 커피를 저 따위로 마셔?' 하는 생각이 저절로 드는데 사실 그 모습은 나를 비롯한 주변의 많은 지인이 커피를 마시는 모습과 다르지 않다. 그럴 리가, 내가 커피를 저렇게 마실 리 없어, 하는 심정이 영화 내용보다 오래 남아 커피를 마실 때마다 지나치게 크게 소리 내지는 않는지, 삼키고 나서 감탄하지는 않는지 자가 검열을 하기에 이르렀다.

숱한 영화에 나오는 다종다양한 설정을 그저 영화의 장면으로 보아 넘겼으면서 아무것도 아닌 후르르르륵-하아아에 시달린 주원인은 앞서 언급한 두 번의 각인이 분명하다. 매력 있는 캐릭터가 후르르르륵-하아아를 연기하는 영화가 있다면 그깟 판세쯤 쉽게 뒤집히리라는 생각은 훨씬 나중에야 들었고 그 후로 후르르르륵-하아아에서 벗어나는 데는 오랜 시간이 걸렸다.

카페 가기 좋은 날

비 오는 여름날. 전속력으로 돌진해 유리창에 제 몸을 터뜨리는 빗방울 소리. 한국인이라면 파전에 소주를 그리는 소리. 온몸을 적시며 출근하는 비 오는 여름날엔 카페가 한산하다. 카페에 가기 좋은 날. 하지만 모든 일엔 양면이 있다. 텅 빈 카페에 가서 공간을 독점하고 싶은 마음과 파자마 차림으로 안전한 집 안에서 진한 커피에 재즈를 곁들이고 싶은 마음이 거의 동일하게 크다. 상반된 두 선택지 모두 기꺼워 마냥 기분 좋다.

비 오는 여름날 기분 좋게 카페에 가기 위한 준비를 오랫동안 해왔다. 오랫동안 준비할 게 뭐가 있나 싶겠지만 시답잖은 일에 막대한 에너지를 기꺼이 쏟는 사람이 있고, 나도 그 유형에 속한다. 예컨대 한 획이라도 더 긋고 싶은 의욕을 북돋는 메모/스케치 환경을 구축하고 있는데 이 역시 20년 넘게 진행 중이다. 무슨 대단한 준비를 하는 건 아니다. 마음에 드는 펜과 노트를 찾는 일인데 벼락공부하듯 검색해 단숨에 결론을 내고 싶지 않을 뿐이다. 마음에 드는 조합이 나와도 계속 새로운 조합을 찾을 테고, 죽을 때까지 찾지 못해도 어쩔 수 없다고 생각한다. 그런 느긋한 마음가짐으로 비 오는 날 기분 좋게 카페에 가기 위한 옷을 찾고 있다. 기껏 기분 좋게 나가서 홀딱 젖은 상태로 시간을 보내기 싫어서다. 비 오는 날 젖지 않는 옷은 좋은 기분을 유지하는 데 필요하고 그래야 작업도 기분 좋게 할 수 있다.

*

시작은 우산이었다. 중고등학생 때는 접이식 우산을 매일 가지고 다녔다. 6년 넘게 그러고서야 그게 얼마나 덧없는 대비책인지 깨달았다. 일단 실제로 쓸 일이 별로 없었고 쓴다 해도 지름이 작은 탓에 가슴 아래로는 별 소용이 없었다. 이 단순한 사실을 알아차리는 데 6년이 넘게 걸리는 사람이다. 죄송합니다…….(뭐가 죄송한지 모르지만 죄송해야 할 듯한 기분이 든다) 아무튼 그런 이유로 접이식 우산을 포기하고 장우산을 샀다. 장우산에도 문제는 있었다. 문 앞의 우산 통에 꽂고 들어갔다가 실내에 있는 동안 비가 그치면 우산을 깜빡할 때가 많아 1년에 몇 번씩 새로 사게 된다는 점이었다. 밑 빠진 독에 물 붓기였으므로 어리석은 투자였다. 다시 몇 년이 흘러, 비가 오면 그때그때 비닐우산을 사는 편이 차라리 낫다는 결론에 이르렀다. 깜빡하고 어디에 두고 와도 덜 아까웠다.

몇 년이 더 지나, 지리산 종주를 계기로 기능성 소재에 눈을 떴다. 빗속에서 젖지 않으면서 양손이 자유로운 경지를 한번 겪으니 그 상태를 등산이라는 특수 상황 말고 일상에 끌어들이고 싶었다. 문제는 기능성 의류가 죄다 등산복이거나 등산복 스타일이라는 점이었다. 등산복의 일상화는 용납할 수 없다. 등산복 스타일이 아닌 방수 옷 찾기가 새로운 과제였다.

그러던 어느 장마철, 교토에 여행 갔다가 믿을 수 없게 가벼운 접이식 우산을 발견했다. 무게가 거의 느껴지지 않아 손에 들고서도 들고 있는지 계속 확인해야 했다. 끊임없는 존재 유무 확인 절차가 새로운 번거로움 아니냐고 반발할 수 있지만 내겐 가벼운 무게가 더 절실했다. 실내에 들어갈 때도 살짝 접었다 한 번 촥 펼치기만 하면 빗방울이 우수수 튕겨 나가 즉시 접어 가방에 넣으면 그만이었다. 분실 위험도 줄어든 셈이었다. 너무 가벼워 존재감이 없으니 분실 위험이 오히려 크지 않냐고 묻는다면…… 그 말도 맞다. 우산을 주머니에 넣은 채 가방 속만 계속 뒤진 적도 있다. 빗살이 세면 허리 아래로는 젖는다는 우산의 한계 역시 명확했다. 비 오는 날 기분 좋게 카페에 가기 위한 준비는 단지 카페에 갈 때만 유효한 건 아니다. 카페에 갈 때 유용하다면 어디에 갈 때든 유용할 수 있다. 뽀송뽀송한 일상, 나아가 인생을 위한 준비다.

또 몇 년이 지나 기능성 소재를 일상복에 적용하는 브랜드를 몇 개 알아냈다. 그러면 그렇지, 그 생각을 나만 했을 리 없다. 먼저 널리 알려진 고어텍스라는 소재를 언급해야겠다. 물이 스며들지 못하게 옷감 사이에 붙이는 아주 얇은 필름이다. 방수력은 뛰어나지만 바스락거리고 속에 땀이 차 견디기 힘들다. 내가 발견한 브랜드는 고어텍스의 단점을 보완해 방수력 좋고 가볍고 부드러운 새로운 소재를 개발했다. 입어보고 바로 샀다. 생활 방수가 되면서 빨리 마르는 소재로 만든 반바지까지 샀다. 운 좋게(?) 옷을 산 다음 날 비가 왔다. 새 방수 옷을 입고 후드 밑에 챙이 넓은 모자를 써 우산을 쓰지 않아도 안경에 빗물이 튀지 않도록 갖춰 입었다. 신세계였다! 하지만 신발이…….

몇 달 전(드디어 몇 달 전까지 왔다) 방수 러닝화를 샀다. 비가 꽤 많이 오는 날 첫 필드 테스트를 했다. 양말이 발목부터 젖기 시작했고 양말의 뛰어난 흡수력 탓에 이내 전체가 젖었다. 방수 신발 안에서 젖어버린 양말은 무척 불쾌했다. 물기를 한껏 흡수한 스폰지를 신은 기분. 방수 신발이 제 역할을 하게 하려면 신발과 바지 사이에 틈이 없어야 한다. 아무리 더워도 반바지는 포기해야 하나…….

그리하여 현재. 비가 거세게 쏟아지는 여름날 기분 좋게 카페에 가려면 슬리퍼를 신는 수밖에 없다, 아직은. 하지만 낙담하거나 서둘러 완결지을 필요는 없다. 살 날은 많이 남았(을지도 모르)고 기꺼이 하는 일에 따르는 실패 역시 노정에 동반하는 또 다른 재미다.

비 오는 날이 카페에 가기 좋은 날이라면 볕 좋은 날 역시 카페에 가기 좋은 날이다. (또 시작인데) 볕이 좋은 날이라고 해서 아무 준비 없이 그냥 가도 되는 건 아니다. 소중한 눈을 보호해야 한다. 눈부실 때만 파트타임으로 고용하는 선글라스와 풀타임 종신직인 안경의 교대 방식이 주요 사안이다. 눈이 건조해서 콘택트렌즈는 못 낀다. 라식이니 라섹이니 하는 수술은 무섭다. 수술을 하면 안경도 못 쓰게 되니까 더욱 내키지 않는다. 따라서 여러 소중한 물건 중에서도 가장 중요한 물건은 안경이다. 안경에 얽힌 복잡한 사정을 얘기하자면 끝이 없으니 지금 바로 그만두기로 하고(필요할 땐 강경한 결단력을 발휘하는 편이다), 볕 좋은 날 카페에 가기 위한 준비물로서의 안경과 선글라스에 초점을 맞추자.

잘 때와 씻을 때만 빼고 늘 안경을 쓰는 입장에서 선글라스는 달갑지 않다. 선글라스가 싫다는 말은 아니다. 안경도 선글라스도 좋아한다. 다만 이 둘을 번갈아 써야 하는 상황이 되면 번거로워지는 것이다.

선글라스를 케이스에 담아 챙겨야 하니 일단 짐이 는다. 그깟 안경 케이스 가지고 무슨 요란을 떠느냐고? 안경 케이스 하나뿐이라면 무슨 문제랴. 평소 내 짐은 노트북,

책, 외장하드, 전원 케이블 파우치, 각종 자잘한 소품을 담은 파우치, 필통 두 개, 지갑, 휴대용 티슈, 손 소독제, 이어폰 등이고 가끔 카메라가 추가되기도 한다. 여름에는 에어컨 추위를 막을 겉옷도 챙겨야 한다. 그깟 안경 케이스가 아니라 케이스에 사용된 나사 하나라도 줄이고 싶은 심정이다. 한편 안경 케이스는 단단한 재질이어야 가방 안에서 짓눌리지 않는다. 선글라스를 상대적으로 자주 쓰는 여름은 옷의 주머니 수가 현저히 주는 계절이라 아무리 짐이 없는 날에도 지갑, 핸드폰, 책 등을 넣을 작은 가방 정도는 챙겨야 하는데 그럴 때는 안경 케이스도 무척 부담스럽다.

궁리 끝에 안경 줄을 사용해봤다. 안경과 선글라스의 다리에 연결해 목에 걸고 필요에 따라 번갈아 쓴다는 계획인데 안경과 선글라스가 외부에 노출된 채 목에 계속 걸려 있으니 걸리적거렸고 몇 번 번갈아 쓰면 줄이 꼬였다. 긴 시간 쓰는 안경에만 줄을 연결하고 선글라스는 케이스에 넣는 방법도 시도했지만 어차피 케이스를 가지고 다닐 거라면 굳이 줄에 걸고 다닐 이유가 없었다.

그다음 시도한 방법은 렌즈 색이 연한 선글라스를 쓰는 것이었다. 바깥에선 안경을 쓰는 것보다 낫고 실내에선 선글라스를 쓰는 것보다 나으리라는 기대였다. 문제는 바깥에선 선글라스를 쓰는 게 낫고 실내에선 안경을 쓰는 게 낫다는 점이었다. 충분히 예상 가능한 문제였지만 직접 확인하는 것

만큼 확실한 방법은 없다. 돈과 시간이 드는 게 흠이지만 흠이라고 생각하면 흠이고 재미라고 생각하면 재미다.

안경이 연루된 모든 사안에 자문을 받고 있는 동네 안경점에 잠깐 들렀다가 안경테에 끼우는 클립온 선글라스를 주문 제작할 수 있다는 정보를 얻었다. 선글라스 렌즈를 올리면 좀 우스꽝스러워 보인다는 점이 마음에 걸리지만 그 점만 모른 척하면 여러 면으로 편할 것 같다. 사실 선글라스는 볕이 내려앉아 '눈부시게' 아름다운 풍광을 망치는 물건이다. 가능하면 안 쓰고 싶지만 눈이 부시니 어쩔 수 없이 쓰는 것이다. 이 물건이 볕 좋은 날 선글라스와 안경을 벗었다 썼다 하는 귀찮은 동작을 해결해주리라는 희망을 품고 있다. 이 문장을 쓰고 있던 날 제품이 완성되었다는 연락을 받았다. 올 여름은 클립온 선글라스를 테스트하는 기간이다.

*

자, 이제 기분 좋게 카페에 갈 수 있겠다고? 아직이다. 가방 문제에 비하면 나머지는 차라리 사소해 보인다. 일상적으로 챙기는(앞서 타이핑한 구절을 복붙하는 것에 양해를 구합니다) '노트북, 책, 외장하드, 전원 케이블 파우치, 각종 자잘한 소품을 담은 파우치, 필통 두 개, 지갑, 휴대용 티슈, 손 소독제, 이어폰 등'을 다 들고 다니려면 꽤 무겁다. 몇 년에 걸친 시행착오 끝에 가을/겨울용으로는 매트리스를 만드는 업체의 기술이 접목되어 어깨에 집중되는 무게를 효과적으로 분산해주는 백팩을 찾았지만 백팩 착용이 불쾌한 봄/여름을 위한 가방은 아직 못 찾았다. 몸에 밀착되는 면적이 넓을수록 땀이 많이 나므로 손에 드는 편이 가장 나을 텐데 문제는 무게다. 모든 짐을 가방 하나에 넣으면 팔이 버티지 못한다. 가방 두 개에 나누어 양손에 들면 손을 제대로 쓰지 못해 불편하다. 여기에 가방의 소재, 크기, 가로세로 비율, 끈의 길이와 폭과 두께 등 온갖 변수가 상호 작용해 사안의 복잡도를 더한다.

탐색 과정을 일일이 열거하면 여러분도 지치고 나도 지칠 터, 간략하게 정리하자면, 지금까지 탐색한 방법 중엔 가방 하나는 어깨에 걸고 하나는 손에 들었을 때가 괜찮았는데 짐을 어떻게 두 팀으로 나누느냐에 대해선 만족스러운 답을 찾지 못했다. 가장 무거운 노트북의 향방을 우선순위에 두는 편인데 어떨 땐 어깨에 메는 게, 어떨 땐 손에 드는 게 나아 어느 장단에 맞춰야 할지 모르겠다. 몸 상태가 매번 다르니 하나의 정답을 찾는 일 자체가 실현 불가능한 욕심일지도 모르겠다.

기분은 그냥 드는 것이라고, 우리가 어찌할 수 있는 게 아니라고들 생각하는 것 같은데 그렇지 않다. 자신한테 맞는 방법을 (꾸준하고 성실하게) 찾으면 오늘 느끼면 좋겠다고 생각되는 '그 기분'을 이끌어낼 수 있다. 몸의 상태는 마음에 달렸고 마음의 상태는 몸에 달렸다.

진짜 기분 탓

작업이 아니라면

카페에 가는 목적이 작업이 아니라면 선택 기준이 달라진다.

우선 와이파이가 안 되어도 상관없다. 버스 안에서도 와이파이를 제공하는 시대지만 굳세게 무(無)와이파이를 고집하는 카페가 의외로 있다. 자주 가는 대여섯 군데 중 두 곳이 그렇다.

Ⓓ카페는 작업실을 없애는 바람에 발길을 끊었다가 최근 다시 찾았는데 드립 커피 맛이 입에 꼭 맞아 기분이 무척 좋았다. 근래 마신 커피 중 최고였다. 가끔 일부러라도 들러야겠다고 결심했다. 다음 방문자가 드립 커피를 주문하기에 제조 과정을 눈여겨보았다.

먼저 저울에 커피 콩의 분량을 쟀다. 바리스타마다 콩 무게를 재는 방식이 달라 구경하면 재미있다. 누구는 처음엔 과감하게 붓다가 나중엔 한 알씩 덜어가며 신중하게 재는가 하면 누구는 대략 맞으면 충분하다는 듯 와르르 붓다가 딱 멈추고 그라인더로 옮기기도 한다. Ⓓ카페 주인장의 특징은 냄새를 자주 맡는 것이었다. 주문받은 원두 통을 열고 킁킁, 그라인더에 갈고 킁킁, 필터에 담고 킁킁, 내리고 나서 킁킁 냄새를 맡았다. 전기 포트는 쓰지 않았다. 철제 포트를 가스레인지에 올려 물을 끓였다. 독특한 점은 그다음이었다. 커피를 우린 포트를 다시 한 번 가스 레인지에 올려 가열했다. 맛을 보고는 뜨거운 물을 더해 농도를 맞췄다. ⓓ카페엔 커피 제조용 머신이 없다. 당연히 에스프레소 기반 커피가 없고 우유 역시 포트에 부어 가스레인지로 데웠다. 음료 하나 제조하는 데 시간이 꽤 걸리는 편이었다. 손많이 타는 그 맛을 좋아하는 단골이 주로 오는 모양이었다. 두어 시간씩 토막 내어 운영하는 길지 않은 영업시간에 방문자가 줄줄이 찾아왔고 그중 몇몇은 자리가 없어 그냥 가거나 테이크아웃으로 전환했다. 음원은 두 군데서 사용하는 듯했다. 앨범 하나가 다 끝날 즈음 다른 앨범을 재생시켜 페이드아웃과 페이드인이 중첩되었다. 이 효과가 근사했다. 나도 써먹어야지.

　하던 얘기로 돌아가자면, 노트북을 쓰지 않으니 탁자가 낮거나 없어도 무방하다. 무릎 높이 탁자와 바 자리가 있는 ⓓ카페는 작업에 적합한 공간이 아니다.

　그런데 무릎 높이의 탁자는 대체 어쩌다 나왔을까. 찻잔이나 접시를 놓기에도 책을 보기에도 불편하고 다리도 걸린다. 혹시 처음엔 다른 용도였을까? 유래는 잊힌 채 관습적으로 쓰이는 것이 인간 사회에 얼마나 많은가. 예컨대 악수. 손에 무기가 없다는 걸 보여주기 위한 제스처가 지금까지 사용되고 있다. 무기가 없음을 보여준다는 원래의 목적에 충실하자면 악수가 아니라 다른 행동으로 변했어야 한다. 해를 끼칠 수 있을 만큼 자본이 없다는 의미로 통장 잔고를 보인다든지 공정하게 작성된 계약서를 펼쳐 보인다든지. 하지만 (정작 본질은 비껴가면서) 악수라는 형식만 남았다. 인간 사회에는 역시 기만이 만연하다.

근래 알게 된 재미있는 유래는 털모자에 달린 방울이다. 남성 복식은 군복에서 기인한 것이 많다. 방울 털모자 역시 해군 군복에서 왔다고 한다. 파도에 요동치는 배의 천장에 정수리를 부딪히는 일이 잦아 부상 방지용으로 모자 꼭대기에 방울을 달았단다. 원래 용도는 쿠션이었지만 지금은 장식으로만 남았다. 정확히 말하면 쿠션의 기능은 그대로지만 딱히 쓸데가 없는 것이다.

그렇게, 무릎 높이의 탁자도 원래 다른 용도였다가 무릎 높이라는 형식만 남았을지 모른다. 그렇지 않고서야 뭐 하러 굳이 그 높이로 만들겠는가. 나만 불편한 걸까? '탁자는 모름지기 무릎 높이지' 하고 예찬하는 무리가 있을지도 모를 일이다. 문득 '사이드 테이블'이라는 영단어가 생각났다. 사이드 테이블의 '사이드'를 '보조'가 아니라 '측면'이라고 해석하면 존재 이유가 납득된다. 나란히 앉은 두 사람 사이에 사이드 테이블을 놓고 음료, 꽃, 책 따위를 얹으면 다리가 걸리지도 않고 탁자 위 물건이 두 사람의 시선을 가로막지 않는다. 이 관점에서 보면 사이드 테이블은 더할 나위 없이 분명한 이름이다. 여러 성가신 일은 사이드 테이블을 '사이드'가 아니라 '프론트'에 둔 탓에 생기는 문제가 틀림없다.

바 자리 역시 환영이다. 바 위에 노트북을 올리면 서로 부담스럽다. 바리스타 입장에서는 뜨거운 물을 드리퍼에 붓다 살짝 튈 수도 있고 노트북을 툭 건드릴 가능성도 있어 여간 신경 쓰이지 않을 것 같다. 바리스타를 불안하게 하는 요소는 방문자한테도 불안하다. 사실 바는 다양한 볼거리가 있는 명당이다. 우선 바리스타의 움직임을 보는 재미. 앞서 적은 ⓗ카페의 드립 커피 제조 과정 역시 바에 앉은 덕분에 볼 수 있었다. 분야를 막론하고 작업에 따르는 움직임을 관찰하는 재미는 흥미진진하다. 한 레스토랑에서는 채소를 냉장고에서 꺼낼 때 슬쩍 보고 행주 사이에 채소를 보관한다는 걸 알 수 있었다. 물기를 없애는 방법이었던 듯하다. 한 식당에선 사과 껍질 깎듯 옥수수 알을 우수수 베는 장면을 봤다. 한 알 한 알 뽑기가 너무 힘들어 요리에 쓸 생각을 못했는데 그날 이후 옥수수는 샐러드의 고정 멤버가 되었다. 바리스타가 커피 내리는 과정을 눈여겨보았다가 집에서 흉내내기도 하지만 맛까지 재현하진 못했다. 한 번 엿보고 따라할 수 있는 단순한 기술은 아닐 터라 속상했던 적은 없다.

작업하러 갔다가 카페에 있는 뭔가에 홀려 작업을 포기하는 경우도 있다. 평소 궁금해하던 책이 놓여 있어 잠시 작업을 접는 경우는 흔하다. 한 카페는 드립 커피에 샷 잔을 곁들여 낸다. 샷 잔에 커피를 따라 색도 보고 향도 맡으라는 설명을 들었다. 그런 발상을 한 사람이 궁금해 벽에 붙인 포스터며 그림이며 가구며 소품을 구석구석 관찰했다.

한 카페에서는 멋쟁이 가족이 들어왔다. 엄마는 바지가 가슴 바로 아래까지 올라오는 면바지에 클래식한 리복 운동화, 아빠는 코듀로이 재킷에 오래된 나이키 농구화, 어린 딸은 그 나이대 아이다우면서 부모와 결이 맞는 차림새로, 심지어 '패완얼'을 충족시키는 외모까지 갖춘 흐뭇한 광경이었다.

집요하게 원래의 목적을 좇는 대신 서슴없이 곁길로 빠지는 느긋한 성격이라 다행이다.

방금 들어온 사람의 마우스 클릭질이 무척 거슬린다. 아이패드랑 노트북을 나란히 켜놓고 쉴 새 없이 시끄럽게 누른다. 저 마우스는 대체 어디 제품이길래 이리도 시끄러운가. 무슨 단축 기능인지 심지어 트리플 클릭도 자주 한다. 아니면 단지 빠르게 세 번 클릭하는 걸까? 아무튼 쫓아내고 싶다.

맞은편에 앉은 사람도 책 읽다 말고 고개를 돌리며 한숨 쉬기 시작했다. 저 한숨은 분명 경고인 것 같은데…… 무신경한 작업자는 (당연히) 알아차리지 못했다. 알아차릴 위인이었다면 애초에 클릭질을 저리하지 않았겠지. 초인적으로 회끼(☞ ㉕쪽)한 관점으로 품어보자면 단지 자기 일에 몰두한 작업자일 뿐이라고 이해해볼 수 있다. 하지만 무시무시한 클릭질을 동반한 성실함은 공유 공간에서는 민폐일 수 있다. 비슷한 유형으로, 우박이 양철 지붕에 부딪히는 듯한 괴력으로 키보드를 작살내듯 두드리는 자가 있다.

공유 공간엔 소음 측정기를 설치해 특정 데시벨 이상의 소리를 내거나 특정 주파수에 다다르는 기기는 강제로

끄게 하는 법안이 마련되어도 좋겠다. 진보한 기술은 이런
데 써야 하지 않을까?

작업실을 일시적으로 없앤 지금, 카페가 주 작업실이다. 많은 이가 카페에서 공부나 일을 한다. 쉬는 듯 일하는 듯 편안해 보이지만 사실 그리 쉬운 일만은 아니다. 늘 한발 앞서 여러 사안을 결정하고 실행해야 한다. 이를테면,

아침 먹고 나오니 9시 15분. 바쁜 날이라 먼 동네로 이동할 여유도 없거니와 동네 단골 카페가 마침 문 열었을 시간이라 별 고민 없이 그곳으로 향한다. 따뜻한 플랫화이트를 마시며 촘촘한 오전을 보낸다. 곧 점심시간. 지금 먹을지 나중에 먹을지 정해야 한다. 혼자 밥 먹을 때 가장 주의해야 할 점이 시간이다. 사람이 몰리는 시간대를 피하지 않으면 눈치로 배가 부르는 비참한 신세가 된다. 시간, 공간 대비 이익만 따지는 편협하고 가혹한 타산에 한탄할 따름이다. 12시에 여는 식당은 애초에 빼고 11시나 11시 30분에 여는 식당이라면 딱 맞춰 도착해야 '편한' 데 앉으라고 안내받는다. 배가 덜 고프다면 1시 지나서 가는 게 평소의 원칙이다. 막 11시가 지났으니 배 고픈 정도를 헤아려 일어나거

나 더 머물기로 한다면 카페 자리값으로 한 잔을 더 주문한다. 당면한 문제가 이게 다라면 얼마나 명쾌할까. 미리 고려해야 할 요소가 더 있다. 오후 일정이다. 동네에 계속 머물거나 집에 돌아갈 예정이라면 점심 역시 동네에서 먹는 편이 좋겠지만 오후에 다른 동네에 갈 작정이라면 점심 선택지도 넓어진다. 그럴 땐 이동 시간까지 계산에 넣어야 한다. 머리가 맑은 날엔 오후 커피를 한 잔 마실지 두 잔 마실지까지 가늠하기도 한다.

"매사 그렇게 따지고 살면 피곤하지 않아요?"

천만에. 몇 수 앞을 내다보는 일도 습관을 잘 들이면 숨쉬기보다 조금 더 수고스러울 뿐이다. 수십 년에 걸쳐 반복해온 일이라 이런 방식으로 움직이는 게 편하다. 내가 힘들면 남도 힘들 것이라는, 단순하고 순진한 생각을 이럴 때 적용하면 안 된다.

편안한 마음으로 근미래를 내다본 나는 이태원 가는 버스를 탄다.

Ⓕ카페에 갈 때면 종종 들르는 식당에서 순댓국을 먹는다. 순댓국을 먹었으니 이따가 카페에서는 120cc짜리 블렌드 커피와 갈레트 브루통, 찬물을 주문해야지. 두 시간 뒤에 카페라테를 추가 주문할 테고, 또 두 시간 뒤면 하루를 마감해도 부끄럽지 않으리.

*

    8시 5분. 이 시간에 가능한 선택지는 두 군데밖에 없다. Ⓕ카페는 얼마 전에 갔으니 오늘은 종로로. 여기선 늘 필터 커피에 레몬케이크다. 지난번에는 필터 커피를 미카바 게이샤 내추럴로 내려주어 무척 기뻤다. 미카바 게이샤 내추럴이나 에스메랄다 게이샤처럼 이름에 '게이샤'가 들어간 커피콩이 있던데 무슨 의미일까? 일본의 게이샤와 관련이 있을까? 우연히 발음이 비슷할 뿐일까? 그런데 미카바 게이샤의 영문 철자를 보니 Mikava Gesha다. Esmeralda Geisha와는 다른 게이샤인가? '게샤'나 '게이샤' 혹은 Gesha나 Geisha 중 한쪽은 오자일까? 아으, 몰라. 내가 카페 운영자여서 당장 메뉴판에 적어야 하는 상황이라면 검색해보겠지만 그저 커피 한 잔 마시러 갈 뿐인데 이런 데까지 신경 쓰기 싫다.

    서울의 직장인 3분의 1은 모여 있는 듯한 종로 일대에선 점심시간을 각별히 주의해야 한다. 밥 먹으러 우루루 쏟아져 나오는 직장인 사이를 걸을 때면 사회의 일원이 된 듯 야릇한 쾌감이 들기도 한다. 어떤 조직에도 속하지 않은 덕분에 느끼는 여유. 진짜 직장인이었다면 다 때려치우고 싶겠지. 인류를 먼 발치에서 바라보는 기분은 묘하다. 이 많은 사람이 밥 먹은 다음엔 커피를 마시러 갈 터. 이들이 제 각각 자신의 자리로 돌아간 뒤에야 내 자리가 난다. 조금 늦게 먹으러 나온 직장인을 피할 요량으로 1시 반이 지나서야 점심을 먹는다. 오후 작업은 신촌에서. 뭐? 신촌? 신촌에 갈 만한 카페가 있어? 하고 의심하는 여러분의 마음이 읽힌다. 있지 그럼, 후후후. 심지어 화장실도 깨끗하다.

*

오늘은 별로 나가고 싶지 않다. 이럴 땐 집에서 커피 한잔 내리고 약간 큰 볼륨으로 음악을 틀면 딱이다. 하지만 더는 누릴 수 없는 호사. 고양이 두 녀석이 온 뒤로 집은 이 놈들의 영역이 되어 나는 명실공히 셋방살이 신세다. 특히 겨울이면 내 허벅지는 침대로 용도 변경되기 때문에 집에 서 작업하기가 쉽지 않다. 이놈들 청력이 인간보다 훨씬 뛰 어나니 음악도 예전만큼 크게 틀지 못한다. 게다가 한번 잠 들면 대여섯 시간을 내리 자는 탓에 난 진짜로 가구가 되어 앉은 자리에서 꼼짝하지 못한다. 억지로(진짜?) 나가야 하 는 내 팔자야.

*

일요일 아침, 모처럼 공휴일 작업을 하러 택시를 타고 이동했다. 일찍 문 여는 카페를 찾아 일부러 갔더니만 문이

잠겨 있었다. 코로나19 때문인가? 검색하니 주말과 공휴일엔 원래 12시에 연단다. 줄곧 평일에만 갔기에 주말 영업시간은 다르리라는 생각을 미처 못했다. 기껏 서둘렀는데 낭패다. 얼른 대안을 찾아 정착하는 것이 만회하는 길이다. 택시를 타고 다른 카페로 이동했더니 거기야말로 코로나19 때문에 당분간 주말 영업은 11시에 시작한다는 쪽지가 붙어 있었다. 아직 이른 시간이라 갈 수 있는 곳은 초대형 글로벌 프랜차이즈 카페밖에 없었다. 그럴 거면 동네 지점에 갔지 뭐하러 거기까지 갔겠나!

하지만 길에다 버린 시간과 이동에 들인 수고가 아까워 동네로 되돌아가긴 싫었다. 어차피 프랜차이즈 카페밖에 선택지가 없다면 차라리 동네엔 없는 브랜드 카페에 가자는 쪽으로 마음이 기울었다. 마침 쿠폰도 있었다. 그런데! 거기도 코로나19로 인해 늦장 개시를 방침으로 두고 있었던 것이다. 무려 세 군데에서 퇴짜 맞았다. 차라리 서점에 가서 책을 고르고, 이른 아점을 먹고, 오후 시간을 충실하게 보내는 편이 나을 것 같았다. 일진이 사나워도 이미 벌어진 일에 연연하면 아직 벌어지지 않은 일까지 망치기 마련이다.

의외의 요소

집에는 없고 카페엔 있는 것이 또 하나 있다. 의외성이다. 집은 늘 그대로다. 내가 의도하지 않은 일은 벌어지지 않는다. 내가 켠 전등만 불이 들어오고 내가 튼 음악만 나오고 내가 둔 물건만 쌓인다. 카페는 뜻밖의 요소로 가득하다. 어제는 없던 꽃이 꽂혀 있기도 하고 처음 듣는 음악, 수십 년 전에 듣던 음악이 나오기도 한다. 카페에 드나드는 다양한 사람을 보면서 인간이란 존재를 새로이 보기도 한다. 들릴 듯 말 듯한 옆자리의 대화가 흥미를 끌기도 하고 처음 보는 옷이나 가방은 어디서 샀는지 새로운 정보가 들어오기도 한다. 가끔 지인을 만나기도 한다. 지난 연말엔 사진가 황선희 씨가 내가 일하는 모습을 몰래 찍어 보내기도 했다. '내가 이런 표정으로 일하는구나!' 그렇게 만나는 내 모습도 의외다. 의외의 기쁨도 의외의 불만도 반갑다. 기꺼운 요소든 눈살 찌푸리게 하는 요소든 의외의 것은 생각을 촉발한다. 거기서 출발한 생각의 씨앗이 줄줄이 이어져 작업을 잠시 멈추게도 하고 글감을 던져주기도 한다.

오전까지 마감이었던 일을 넘기고, 갑자기 연락 온 급한 잡무를 처리하고, 다른 동네로 이동해 회의를 마치고 나니 기가 다하고 맥이 풀려 눈에 띄는 가까운 카페에 들어가 멍 때릴 작정이었다.

카페에 들어서자마자 한쪽에서 누군가가 손을 들고 알은체를 했다. 전 직장에서 몇 번 같이 일한 외주자였는데 연락은 주로 편집자가 했고 난 얼굴만 익힌 정도였다. 지인은 의아할 정도로 반가워하며 시간 괜찮으면 잠깐 앉지 않겠느냐고 권유했다. 난감했다. 눈썹을 긁는 척하며 시선을 살짝 내려 지인의 커피잔을 확인하니 거의 다 마신 상태였다. 오래 머물지는 않을 모양이라고 짐작했지만 만일의 사태를 대비해 "잠깐만 앉을게요" 하고 덧붙인 후 아메리카노를 주문했다.

"커피 좋아하시죠? 방금 물 적게 타달라고 주문하시는 걸 보니까 딱 알겠더라고요. 원두 뭐 좋아하세요? 전 바디감 있는 게 좋더라고요. 로스팅은요? 강배전?"

"아…… 전 커피 잘 몰라요. 로스팅을 어떻게 했는지 말해줘도 무슨 뜻인지 몰라요."

"그런데 물 분량까지 따로 요청하셨잖아요. 여기 커피 맛있죠? 전 가끔 오거든요."

"전 처음 왔어요. 일 때문에 이 동네에 왔다가 우연히요."

지인은 커피와 관련된 얘기를 계속하다가 점점 자신의 근황까지 전했는데 말 속도가 대단히 빠르고 목소리는 기어들어가는 데다가 발음은 부정확했다. 1분에 200단어쯤은 내뱉는 것 같았다. 카페의 소음 속에서 작고 빠르게 웅얼거리며 날아오는 대사를 귓골목 중간에 잠깐 세워두고 내가 알아들을 수 있는 속도로 차례차례 뇌로 들여보내는 작업은 무척 고단했다. 서둘러 입장시키지 않으면 이내 사라지니 한눈팔 겨를이 없었다. A 얘기를 하고 있었는데 어느새 B 얘기로 넘어가 있고 듣다 보면 B가 아니라 C 얘기였다. 한 시간쯤 지나자 더 이상 앉아 있기도 힘든 상태가 되었다. 약속이 있다고 둘러대고 벗어났다.

이런 의외성은 제발…….

흔적

앞서 앉았던 사람의 흔적이 너무 짙다. 과자 부스러기, 커피가 흘러 잔 밑동에 눌러 앉았다 그대로 마른 점액질, 지우개 똥. 혹시 몰라 의자를 보니 거기에도 과자 부스러기가. 별로 바빠 보이지 않는데도 직원은 치울 기미가 없다.

자리 단상

중앙에 선 기둥 하나로 버티는 탁자가 있다. 심지어 바닥에 원형 판을 댄 제품도 있는데 그런 경우 기우뚱거리지 않는 걸 못 봤다. 게다가 음료는 만땅. 표면 장력으로 겨우 버티는 잔을 기울어진 탁자에 놓으면 당연히 넘친다. 자신이 꾸리는 공간의 상태를 전혀 모른다는 얘긴데, 카페 운영자들은 가끔씩이라도 모든 자리에 앉아 시간을 보내봐야 한다.

공간의 경계

큰길에 새 카페가 생겼다. 지나는 길에 살짝 들여다보니 벽, 바닥, 탁자, 의자, 선반, 머신까지 온통 하얀색이었다. 심지어 선인장까지 하얬다. 하얀 페인트를 칠한 진짜 선인장인지 인조 선인장인지는 모르겠다. 도로의 소음을 상쇄하려는 의도인지 지나치게 크게 튼 듣기 싫은 음악까지 더해져 공간 전체가 매우 효과적인 바리케이드였다. 같이 걷던 지인이 들어가보자고 했다.

"진심이세요?"

"가보지도 않고 벌써 판단을 마치신 거예요? 실망할 준비하고 가봐요. 제가 살게요."

살짝 부끄러워진 나는 커피 한 잔짜리 아르바이트를 하는 셈 치기로 했다. 내심 반전을 기대하긴 했다. 혹시 알아, 동네 최고의 커피를 마시게 될지?

"실장님 직감이 맞았네요."

"근데 커피 맛을 예측한 건 아니었잖아요. 공간이 들어가기 싫게 생겼을 뿐이죠."

"만약 커피가 정말 맛있었다면 다음에 또 오셨을까요?"

눈을 깜빡이며 대답을 못 하자 지인은 웃었다.

"커피가 아니라 카페가 더 중요한 거죠?"

또 눈을 깜빡이기만 했다.

"나눌 수 없는 일은 나누지 맙시다."

"네?"

"커피냐 카페냐, 맛이냐 분위기냐, 외면이냐 내면이냐, 이분하지 말자고요. 나눌 수 없는 한 덩어리잖아요."

언젠가는 모더니즘 시기의 유럽에서 만들어진 유명한 빈티지 가구, 선반, 벽시계, 스피커 등으로 공간을 채웠다는 카페를 방문했는데 당황스러울 정도로 아무 매력이 없었다. 가기 전에 들은 정보가 없었다면 들어갈 생각조차 들지 않았을 것이다. 멋진 가구의 존재감마저 지우는 공간이었다.

신기하게도, 어떤 공간이 마음에 드는지 안 드는지는 대체로 몇 초 안에 판가름 난다. 밖에서 잠깐 엿보기만 해도 느낌이 온다. 공간을 구성하는 요소에 대해 딱히 고찰한 적이 없어 무슨 근거로 판단이 이루어지는지 모르겠다. 자신도 모르는 걸 뇌는 어찌 그리도 신속히 판단하는지 신기할 따름이다.

좋아하는 카페에 가서 평소보다 유심히 살펴봤다. 주로 쓰인 자재, 벽의 마감, 페인트 색상, 탁자와 의자의 모양이며 크기와 재질, 잔의 형태 등 눈여겨보지 않았던 것들을 자세히 보니 개별 물건은 내 취향이 아니었다. 좋아하는 또 다른 카페에 가서 살펴봤는데 그곳도 마찬가지였다. 딱히 마음에 들지 않는 물건으로 둘러싸인 공간이 어째서 괜찮게 느껴지는 걸까? 어째서 어떤 공간은 물건 하나하나는 멋지지만 머물고 싶지 않은 기분이 드는 걸까?

이런 현상은 비단 공간뿐 아니라 일상의 여러 영역에서 일어난다. 옳은 말인데도 반박하게 만드는 화법, 다른 사람이 말했다면 몸서리치게 싫었을 텐데 어떤 이가 말하면 몸서리치게 좋은 표현, 논리에는 맞지만 심리에는 어긋나는 상황 등.

"제가 아는 어떤 사람은 누구한테든 만난 지 10분 만에 반말을 하지만 아무도 불쾌해하지 않아요."

"그렇게 만드는 힘이 그 사람의 매력이겠죠."

"매력일 수도 있지만 내용과 형식이 얼마나 자연스럽게 결합하느냐의 문제인 것 같아요. 공간도 그래요. '분위기'라는 단어밖에 떠오르지 않아서 좀 억울한데, 사람과 공간의 분위기가 겉도는 곳이 있고 자연스러운 곳이 있잖아요. 왜 그런 느낌이 드는지는 설명할 수 없지만 그 분위기가 공간의 느낌을 결정하는 것 같아요."

Ⓗ카페는 실내의 중앙이 오픈 키친인데 주방의 바닥이 더 낮게 파여 서 있는 직원과 바에 앉은 사람의 눈높이가 비슷하게 맞아 떨어지고 더불어 천장이 높아 보여 실제 면적보다 탁 트여 보이고 시원스레 느껴져 편안하다. 점심

때가 지나면 사람이 별로 없어 작업하기에 쾌적하고 커피
와 차는 물론 와인과 칵테일 등 음료 라인업이 다채로워 오
래 있어도 질리지 않는다. 주방과 선반에 진열된 담근 식재
료의 시각효과도 빼어난 데다, 여기저기 흩어져 뭔가를 달
이거나 재료를 다듬는 등 식재료를 준비하는 직원들의 부
지런한 모습 역시 흐뭇하다. 밥 주문 시간이 끝나면 직원들
자신이 먹을 밥을 즐겁게 공들여 차려 단란하게 먹는다. 특
히 좋아하는 풍경이다. 인스타그램에 올라오는 스태프 밀
의 사진을 보면 나도 그 자리에 끼고 싶다. 직원이 죄인처럼
안 보이는 곳에 숨어 사발면이나 빵을 몰래 먹는 여느 카페
와 사뭇 다르다. 조심스럽게 면을 후루룩거리는 소리, 희미
하게 나는 국물 냄새는 서글프다. 직원의 일상이 피폐할 정
도로 지나치게 방문자 위주로 돌아가는 공간은 방문자한테
도 좋은 인상을 주지 못한(다고 믿고 싶)다.

ⓘ카페의 카운터 쪽 벽은 전체가 술 진열장이다. 공간
전체를 지배하는 세로 결의 영향인지 성당의 파이프 오르
간처럼 장엄해 보이고 성가대처럼 여러 줄로 늘어선 술병
은 조명을 받아 영롱하다. 한쪽엔 분위기를 압도하는 JBL
파라곤 스피커가 놓여 있다. 옆으로 긴 콘솔 형태에 혼을 받
치는 기둥이 나뭇가지처럼 튀어나온 우아한 곡선은 설사
고장 난 스피커라 해도 들여놓고 싶을 정도로 아름답다. 알
프레드 브렌델이 연주하는 바흐의 〈이탈리안 콘체르토〉를

거기서 처음 들었다. 음악은 재생 미디어를 통해 경험하기 마련이라 기기가 중요하다. 집에서 늘 듣던 음악도 새로운 환경에서 새로운 기기로 들으면 완전히 다르다. 커피 한잔 마시러 가서 감각까지 새로이 일깨울 수 있다면 당연히 또 간다. 멋진 기기에서 흘러나오는 음악이 취향에 맞지 않는 다면 괴로움도 그만큼 크지만.

"다니는 카페의 좋은 점과 싫은 점이 제각각이라 그날 그날 기분에 따라 갈 곳을 골라요."

"듣다 보니 실장님 사시는 집이 궁금하네요."

"집이 좀 더 시간을 보내고 싶은 곳이 되면 좋을 텐데 쉽지 않네요. 어디서 사진을 보고 이런 데가 좋아, 하는 걸 보면 원하는 방향이 있는 것 같은데 그런 공간을 직접 만들진 못 하겠더라고요. 공간을 구성하는 일은 타고나야 하나 봐요."

"그래도 디자인을 하시잖아요. 그렇게 다른가요?"

"제가 보기엔 그래요. 미술을 하는 사람이라고 디자인을 잘하는 건 아니듯이요. 좋은 안목으로 좋은 작업을 골라 내는 거랑 좋은 작업을 하는 건 완전히 다른 영역 아니겠어요?"

게다가 건축, 인테리어, 편집 디자인 등 사용을 염두에 둔 창작 영역에서는 작업자와 사용자가 분리된 데서 오는 괴리 문제가 따른다. 카페를 디자인하는 사람과 카페를 운영하는 사람이 따로 있다면 공간을 운영자의 용도에 맞게 계획하는 일은 본질상 불가능하지 않을까? 운영자의 의도는 시간의 흐름에 따라 바뀌기 마련이라 공간이 세팅된 이후의 운명은 운영자에 달려 있다. 공간 디자이너가 할 수 있는 건 일단 착수에 필요한 조건을 마련해주는 정도인 듯하다. 커피 잔 하나 추가할 때마다 설계자한테 어떤 잔이 좋을지, 어디에 두는 게 좋을지 물을 수도 없는 노릇이다. 공간에 대한 관심, 관심을 실현하려는 의지, 의지를 표현하는 감각은 배우고 반복함으로써 어느 정도 습득할 수 있지만 타고난 사람이라야 천성과 배움이 상호작용해 좋은 공간을 빚어내는 것 같다.

타고나야 한다는 관점은 나를 관찰해서 나왔다. 인생의 적지 않은 시간을 그래픽 디자이너로 살았지만 내가 지내는 공간은 아무렇게나 방치하는 편이었다. 이제 겨우 공간에 대한 관심이 싹트는 단계에 들어섰는데 공간에 대한 호불호 판단이 실제로 공간을 구현하는 능력으로 이어지지 않는다는 사실을 깨달았다. 여러 번의 이사와 가구 배치 등을 통해 알아낸 건 생활 방식을 바꿔야 공간이 바뀌고 공간을 바꿔야 생활 방식이 바뀐다는 것인데 달걀이 먼저냐 닭이 먼저냐 같은 말이라 그나마 이해한 건지 이해하지 못한 건지 헷갈린다.

옆 동네의 소박한 카페로 자리를 옮겼다. 입구 쪽 천장의 허물어진 곳에 나뭇가지를 고정해 광목을 걸쳐놓았다.

"저라면 이런 발상은 못 했을 거예요."

"이 방법을 알았으니 앞으론 떠올리실 수 있겠네요."

역시 많이 보고 직접 해보는 게 공부가 되는 걸까. 생각하면 내 일에도 가장 좋은 스승은 계속되는 작업이었다. 반복하면 이전보다 나아졌다.

지인은 싱글몰트위스키, 나는 포트와인을 주문했다.

"여긴 술이 있으니까 왔지, 없었으면 다른 데 갔을 거예요."

"커피 < 카페 < 알코올이군요."

"성급히 확대하시면 안 돼요. 오늘의 기분일 뿐이죠."

회사 다닐 때도 야근하는 날이면(매일이었다) 캔맥주를 사다놓았다. 야근을 못하는 체질이라 맥주의 기운으로 뇌를 착각에 빠뜨려('술이 들어오는 걸 보니 일하는 게 아니라 노는 모양이군') 극복할지, 초저녁부터 잠들어버릴지 확률은 반반이었다. 돌이켜 생각하니 잠든 적이 더 많았고 저녁밥 먹고 난 이후 내내 의자에 앉아 잠을 잔 다음 날에도 큰일난 적은 없으니 굳이 밤을 새울 필요는 없었다는 얘긴데 어째서 그토록 자주 밤을 새웠을까. 야근에 성공하든 자는 데 성공하든 술 마시는 시간은 즐거웠지만.

"어떤 카페 주인이 가장 중요한 인테리어는 음악이랑

사람이라고 했는데, 그 말이 맞아요. 같은 공간이어도 오는 사람들에 따라 분위기가 달라져서 서너 시간씩 머물기도 하고 30분 만에 나가기도 하니까요."

"저도 동의하는데요, 나눌 일은 나누고 싶어요."

"뭘 나눠요?"

"음악과 사람은 공간의 분위기를 결정하는 중요한 요인이지만 물리적 공간 자체는 아니잖아요."

"아까 나눌 수 없는 일은 나누지 말자고 하셨잖아요. 이 경우에도 적용되는 말 아닌가요? 공간을 채우는 음악과 사람을 빼고 공간만 볼 순 없잖아요."

"그렇긴 하지만 음악과 사람이 없는 공간을 상상할 수 있죠."

"그건 알겠어요. 이렇게 생각해볼까요? 바지가 있다고 쳐요. 온전한 물건으로서 바지가 존재하겠죠. 하지만 누군가가 입지 않는 바지는 그저 오브제 아닌가요? 누군가가 입었을 때의 모습이 의미가 있죠."

"그렇다고 바지 자체가 변하는 건 아니잖아요. 변하지 않는 원형이 그 바지죠."

"으…… 누구랑 얘기해도 딱 여기까지밖에 못 오는 게 억울해요. 한창 얘기하다 에이, 몰라로 끝나잖아요."

"저도 막다른 길에 다다라서 이제 어떡하나 걱정했어요."

"공간을 만드는 사람의 역할이 바지의 원형을 만드는 데까지인 것 같아요. 그다음은 누가 입느냐에 따라 운명이 갈리는 거죠."

"동네에 김수근이 설계한 가정집을 개조한 카페가 있었는데요, 운영자가 너무 막 고쳐서 무지 속상했어요. 내 작업실로 쓸 수 있다면 얼마나 좋았을지!"

카페 또는 거실

직장 생활을 시작할 무렵 부모님 집에서 독립해 옥탑방으로 이사했다. 옥상 면적이 방의 여섯 배쯤 되었다. 초록색 방수 페인트칠을 한 광활한 대지에 평상을 펴고 시원한 바람을 맞으며 책을 읽다 졸리면 들어가 자는, 또는 고기를 구워 맥주나 마시다 졸리면 들어가 자는, 그런 옥탑방 로망이 내게도 있었다.

이삿날은 일요일이었다. 그땐 짐이라야 0.5톤 용달차 한 대도 못 채울 만큼 단출했다. 집 앞에 도착해 집주인에게 전화하자 곧바로 열쇠를 들고 나타났다.

"잔금은?"

"아, 어제 야근하고 밤늦게 퇴근했는데 오늘은 일요일이라 못 부쳤어요. 내일 은행 문 열자마자 보내드릴게요."

집주인은 펄쩍 뛰었다.

"아니, 잔금도 안 치르고 이사하는 사람이 어딨어?"

"예? 통장 보여드릴게요. 여기 보세요. 돈 있어요. 일로 바쁘다 보니 오늘이 일요일이란 생각을 미처 못 했어요. 죄송합니다. 월요일에 바로 드릴게요."

"그건 안 되지. 잔금을 다 치러야 열쇠를 내주지."

"예? 그럼 짐만이라도 먼저 들이면 안 돼요? 저는 안 들어가고 잠도 다른 데서 잘게요."

"글쎄, 안 된다니까."

"그럼 이 짐은 다 어떡해요?"

"그건 내 사정이 아니지, 이 사람아."

"계약서까지 쓰고, 이렇게 짐까지 다 싣고 와서 제가 딴소리하겠어요? 일요일이라는 걸 미처 생각하지 못했을 뿐인데, 양해해주시면 안 될까요?"

"아니, 청년이 일부러 안 부치고 그럴 사람 같진 않은데, 그러는 게 아니라니까."

"그러니까 짐만요. 짐만 옮기고 전 바로 나올게요."

"아, 글쎄, 참, 그러는 거 아니라니까. 아니, 이사 처음 해봐?"

아니, 지금 이게 말이 되는 상황이야? 하며 의심을 품는 독자들에게 아무래도 설명해야겠지 싶다. 때는 2001년, 스마트폰을 쓰는 사람은 거의 없었고 핸드폰 보유 인구가 급속도로 확산되는 시기였을 것이다. 난 핸드폰을 산 지 1년이 조금 지난 시점이었다. 물론 그 전엔 삐삐와 발신전용 단말기를 썼다. 젊은 독자일수록 이건 또 무슨 소리래…… 할 텐데, 이 책은 정보통신 역사 개론서가 아니므로 뭐, 그런 시절이 있었다더라, 하는 정도로 넘어갔으면 좋겠다. 아무튼 음성 ARS로 입금하는 방법이 있었는데 일일 이체 한도가 부족해 보증금을 입금하지 못했다.

　그런데 카페 얘기 하다 말고 갑자기 왜 이사하는 얘길 구구절절 늘어놓는대? 하며 어이없어 할 독자들에게도 한 말씀 건네자면, 이제 카페 얘기로 넘어갈 텐데 그전에 얼마나 극적으로 옥탑방에 입성했는지 알면 조금 더 이입하기 쉽지 않을까 하는 배려라고 생각해주시면 좋겠다.

　결국 주말에 출근한 직장 동료들을 불러 짐을 사무실 한쪽에 옮겼다. 그런 만행이 다들 한 번쯤 겪는 일 아니냐는 듯 용인되는 회사라 그나마 다행이었다.

　다음 날 아침 잔금을 입금하고 점심시간 직전에 짐을 옮긴 뒤 급작스럽게 삼겹살 회식을 했다. 물론 옥상이 아니라 사무실 사람들과 자주 가는 삼겹살 식당에서였다. 그 옥탑방에서 4년가량 살았는데 옥상은 한 번도 쓰지 않았다. 그런 난관을 겪으며 입주했으면서도, 그렇다, 단 한 번도.

　직장 생활 하는 내내 밤 10시 전에 퇴근한 적이 별로 없다. 집은 잠깐 들러 자고 씻는 기능이 전부였다. 어쩌다 쉬는 날조차 여름엔 바깥보다 덥고 겨울엔 바깥보다 추워서 집안 생활이 불가능했다. 벽을 살펴보니 옥상에 컨테이너를 올려 벽 사이를 스티로폼으로 대충 채운, 창고에 가까운 방이었다. 혹독한 볕과 바람은 벽을 자유롭게 통과했다. 여름엔 반바지 하나만 입고 있는데도 땀에 젖어 덜 마른 빨래를 입은 기분이었고 겨울엔 집안에서도 다운 파카 차림에 양말까지 두 겹 신어야 했다. 그나마 보일러는 있었지만 온도를 높여봐야 바닥만 한여름의 자동차 보닛처럼 달아올라 발바닥엔 화상을 입고 복숭아뼈 위로는 동상에 걸릴 지경이었다.

옥상이고 뭐고 눈만 뜨면 집 밖으로 나갔다. 디아스포라의 심정으로 내몰리듯 찾은 카페에서 시간을 보낼수록 새로운 생각이 피어나고 기꺼이 생각하고 싶게 만드는 분위기에 익숙해졌다. 공간이 넓으니 시원했고 음악도 괜찮았고 내가 마신 잔을 설거지하지 않아도 되었다. 책을 사면 집 말고 카페에서 읽어야 훨씬 잘 읽혔다. 몇 해가 지나자 카페가 거실 기능을 독차지했다. 내가 조금만 더 뻔뻔했다면 카페에 도착하자마자 편안한 옷과 실내화로 갈아입고 자리를 잡았으리라. 택배 주소란에 카페 주소를 적어야 할 판이었다.

형편이 나아진 지금도 눈만 뜨면 카페에 간다. 카페를 거실로 쓰면 좋은 이유가 또 있는데, 분위기를 쉽게 바꿀 수 있다는 점이다. 가구를 이리저리 옮기지 않아도, 소파를 새로 사지 않아도, 단지 다른 카페에 가면 거실이 바뀌는 셈이다.

노크 예절

제대로 노크할 줄 아는 사람이 별로 없다. 노크가 안에 사람이 있는지 확인하는 절차라는 걸 모르는 모양이다. 대부분은 화장실 안의 반응을 기다리지 않고 노크하면서 동시에 손잡이를 돌린다. 가끔 손잡이를 먼저 돌려보고 열리지 않으면 그제야 노크하는 자도 있다. 순전히 탐구심으로 그 행동을 이해해보려고 노력했지만 아직 그럴 듯한 가설조차 세우지 못했다.

한편 화장실 문이 제대로 잠기지 않는 경우가 의외로 있어 굉장히 신경 쓰인다. 몇 걸음 이동해야 할 만큼 문과 변기 사이의 거리가 제법 먼 화장실에서는 누가 노크할까 봐 식은땀이 흐르기도 한다.

사람들아, 노크하고 나서 5초쯤 기다리자.

상식

'물은 셀프'가 아닌 경우 카운터에 요청하는 수밖에 없는데 입이 닿는 부위를 쥐고 잔을 건네는 자들이 있다. 음료를 다루는 사람이 그토록 무신경하다니 믿기 힘들지만 꽤 자주 당하는 일이다.

커피보다 중요한 BGM

맛없는 커피보다 큰 괴로움이 듣기 싫은 음악이다. 맛없는 커피는 안 마시면 그만이지만 인간에게 자기 마음대로 청력을 끄는 기능이 생기지 않는 한 음악을 피할 길은 없기 때문이다. 어떤 음악을 틀지는 운영자의 권한이니 마땅히 당해야 하는 일이다. 누구보다 오래 머무는 사람은 운영자다. 내가 카페를 차린대도 방문자보다 내 입맛에 더 맞추리라. 배려도 내가 원하는 방식으로, 내가 바라는 방문자들이 좋아할 만한 방식으로 배려할 것이다. 그러니 한낱 방문자인 나는 나한테 맞는 공간을 찾아내는 수밖에 없다.

카페에서 주문하는 음료는 다니는 곳을 다 합쳐봐야 서너 가지를 넘지 않는다. 식당도 마찬가지여서 처음 방문하는 곳이면 호기심 때문에 이것저것 다양하게 먹어보지만 방문 횟수가 늘수록 입맛에 맞는 서너 가지로 귀결된다. 음악은 다르다. 갈 때마다 같은 음악이 나오면 지겨워서라도 가기 꺼려진다.

예전에 두 주 동안 매일 아침 들렀던 카페는 단 한 장의 음반을 온종일 반복해 틀었다. 아무리 좋아하는 음반이라도 그만큼 들으면 질리고 말 것이다. 미칠 것 같았지만 그 동네에서 와이파이가 되면서 일찍 여는 카페는 그곳뿐이었기에 꾹 참았다.

요새 듣기 싫은 음악은 리메이크 곡이다. 꽤 많은 카페에서 이름 모를 가수들의 온갖 리메이크 곡을 튼다. 대부분 재즈풍으로 편곡한 것들이다.

"그 계열을 이지리스닝이라고 부른대요. 와닿지 않아요? 말 그대로 듣기 편하잖아요."

장르명에 형용사를 쓰다니 무슨 수작이람? 내 귀엔 결코 '이지'(easy)하게 들리지 않는다. 그냥 듣기 힘든 정도가 아니라 벌금이라도 물리고 싶다. 혼잣말로나 궁시렁대지 타인의 음악 취향을 두고 뭐라 할 수도 없다. 절이 싫으면 중이 떠난다고, 이 카페 저 카페 방황하는 건 내 몫이다.

듣기 싫은 또 다른 음악은 특정 시즌에 맞춘 음악이다. 대표적으로 크리스마스 캐럴. 보통 11월쯤이면 시작된다. 요즘은 심지어 캐럴조차 재즈풍 보컬이 대세다. 싫은 게 곱빼기로 나오다니, 통탄할 일이다.

여름이면 보사노바 지옥 문이 열린다. 사실 나는 보사노바를 싫어하지 않는다. 집에 음반도 몇 장 있고, 즐겨 듣는다. 그런데도 여름의 보사노바가 듣기 싫은 이유는 아마 특정 기간에 지나치게 많은 장소에서 지겹도록 들리는 탓일 것이다. 보사노바를 트는 자들의 속내가 의심스럽기도

하다. '여름=보사노바'라는 뻔한 공식에 따라 틀었으리라는 의심. 선택지를 다양한 브라질리언 재즈로 살짝만 넓혀도 지겨운 선곡을 피할 텐데.

반면, 특정 기념 기간인데 모두가 그냥 지나치는 탓에 걸맞은 음악을 틀어주면 좋겠다는 아쉬움이 들 때도 있다. 이를테면 석가탄신일엔 불경 외는 소리까지는 아니더라도 시타르 연주곡을 트는 것도 한 가지 방법이겠다. 지금껏 투덜거렸으니 공정하게 지적하자면 붓다의 출생지가 인도라는 이유로 시타르 연주곡을 트는 건 클리셰 아니냐고 비판할 여지가 있다. 일리 있는 지적이다. 하지만 아무도 하지 않으니 한번 해볼 만해지는 것이다.

귀를 틀어막고 카페에 앉아 음악을 고르는 몇 가지 아이디어를 떠올려봤다. 어떤 아이디어는 유치하지만(앞 단락의 변호는 지금을 위한 포석이었다, 후후) '이 녀석, 유치한 구석이 있군' 하는 실소를 유도해 오히려 인간적 호감을 일으키는 구름판으로 전환한다는 야심도 품어본다.

• 식목일 주간: 나무로 만든 악기의 어쿠스틱 연주곡을 고른다. 안데르스 클레멘스 오이엔의《Romanza》로 귀를 틔운 다음 스테파노 그론도나의《La Guitarra de Torres》로 분위기를 이어 나가다 호세 미구엘 모레노가 연주하는 바이스의 샤콘을 틀어 기절시키는 거다. 모레노의 앨범《Ars

Melancholiae》는 표지에 아름다운 세밀화가 인쇄되어 있어 시각 효과도 좋다.

- 노동자의 날 주간: 생계를 잇느라 주기적으로 노동하면서 틈틈이 영혼을 불태우는 연주자들의 음반. 연주자나 작곡자의 삶에 대해 알아야 하는 만큼 골치 아픈 영역이지만 마침 더티블렌드라는 팀이 가까이에 있다. 피아니스트 최민석은 바리스타로 일하며 취미로 로스팅을 하니 이 기획에 제격이다. 《Bad Man Bossa》에 수록된 〈Black Comedy, Jack〉은 빼어난 번역(인물을 음악으로)이면서 노동요로도 그만이다.

- 블랙프라이데이 주간: 검은색이거나 이름에 'Black'이 들어가거나 분위기가 '블랙'인 음반. AC/DC의 《Back In Black》은 카페에서 틀기엔 좀 시끄러운 편이지만 시종일관 창고를 약탈하는 분위기로 블랙프라이데이와 잘 어울린다. 잭 블랙이나 티네이셔스디를 틀어도 좋을 테고 평소에 듣고 싶었지만 차마 틀 수 없었던 헤비메탈 음반을 한껏 포진한다는 흑심을 품어도 좋겠다.

- 책의 날 주간: 책 냄새 풀풀 나는, 앨범명부터 지적인 칼라 블레이의 《Social Studies》는 커버 이미지가 책 사진이니

까 CD 말고 LP로 구비해 잘 보이는 위치에 전시하자. 2번 트랙의 곡명 〈Copyright Royalties〉는 네온사인으로 만들어 카페에 드나드는 모든 노동자가 감상하게 해도 좋겠다. 《Einstein on the Beach》는 카페 물갈이용으로라도 갖춰두면 좋은 음반 아닐지. 좀 과한가? 3번 트랙까지 버티는 사람이 있을까? 그러고 보니 1월 1일, 1월 11일, 2월 2일, 2월 22일, 3월 3일, 4월 4일, 5월 5일, …… 11월 11일, 12월 12일 등은 미니멀리즘 음악의 날로 선정해 필립 글라스, 스티브 라이히, 테리 라일리 등으로 방문자의 신경을 긁어 공간을 미니멀하게 정리하는 것도 가끔 시도할 만한 재미일 듯(물론 많이 바쁜 카페에 한해서……). 의외로 열광하는 경우도 배제할 수 없는데 그건 취향이 맞는 손님이라는 뜻이니 역시 손해 볼 일 아니다. 미니멀리즘 음악은 일거양득의 기회일 수도 있겠다. 일거양득은 미니멀리즘에 위배되나? (그럼 말고)

· 비 오는 날: 비 오는 날엔 트럼펫 소리가 유난히 끌린다. 마일스 데이비스의 《Kind of Blue》로 비를 환영한 후 마르쿠스 슈톡하우젠의 《Streams》로 시야가 탁 트이는 시원한 공감각을 일으켜도 좋겠다. 셸리 맨의 장난기가 경지를 이룬 《Sounds!》의 리듬을 울리면 천하일미다.

- 달 이름이 들어간 곡들을 추려 페스티벌을 열 수도 있다. 〈April in Paris〉 〈When September Ends〉 〈When October Goes〉 〈November Rain〉 등 내가 몰라서 그렇지 파다 보면 줄줄이 나올 것이다.

누구나 좋아하는 날이 있다. 기리고 싶은 날을 기리고 싶은 방식으로 기린다면 비록 내 취향이 아니더라도 존중하게 된다.

카페에서 알게 되어 이제는 애청하는 음반도 있다. 최근엔 ⑤카페에서 맹렬히 작업하다가 둔탁한 피아노 반주 사이로 느슨하게 휘몰아치는 색소폰 연주에 넋이 나가 한참을 들었다. 검색. 김오키였다. ⑥카페에서는 이이언을 알게 됐다. 단 몇 소절에 귀가 열려 잠시 손을 멈추었는데 맞은편에 있던 은재도 이어폰을 빼길래 나와 같은 마음이지 싶었다. 검색 결과로 얻은 이이언의 앨범 사진을 보여주자 자기도 좋아하는 앨범이라 이어폰을 뺐단다. 주말에 일할 만큼 바빠도 좋은 음악을 위한 여유는 언제나 있다.

카페에서 듣기 좋은 음악은 하던 일을 잠깐 멈추게 하는 음악이다. 어떤 선율과 사운드는 작업을 방해하지 않으면서 시공간을 잠시 초월해 정신이 배회하도록 이끈다. 음악 산책은 차곡차곡 쌓여 이면에 산재한 갖가지 생각 조각들을 휘저어 수면에 떠오르게 한다. 그 조각들이 당면한 숙제와 결합해 새로운 분자식을 구성하는 순간이다. 지나친 집중은 삶을 힘들게 하지만 집중하지 못하는 삶 역시 힘들 것 같다. 커피와 음악은 느슨함과 집중력을 공존하게 한다.

  카페에서 겪은 소중한 음악 경험은 수년 전 지기스발트 쿠이켄이 시청 근처의 한 카페에서 연 독주회다. 마이크와 스피커 없이 악기의 원래 음량으로 들었다. 음악과 연주도 기분 좋았지만 연주자가 연주 사이사이에 무대 한편에 놓인 의자에 앉아 음료를 마시며 쉬는 모습을 볼 수 있어서 특별했다.

커피의 맛

"커피 맛 어떠세요?"

나중에 단골이 된 카페의 바리스타가 묻는데 뭐라 해야 할지 아득했다. 정말로 맛을 묻는 걸까? 의례적 인사일까? 눈길을 지키며 대답을 기다리는 표정에 형식적인 "맛있네요"는 내뱉고 싶지 않았다. 맛있지만, 단지 맛있다고 하자니 부족하고 불성실한 대답 같았다.

"표현이 빈약해 죄송하지만…… 맛있어요. 그런데 전문가는 커피 맛에 대해 어떤 방식으로 말하나요?"

담 넘어가는 능구렁이처럼, 되묻기로 상황을 모면했다.

"저희도 사실 힘든 지점이에요. 커피 맛이 상당히 복합적이거든요. 보통 와인 맛 표현할 때처럼 감귤 산미, 캐러멜, 고구마, 벌꿀 맛이 난다는 식으로 말해요. 그런데 맛을 지각하는 정도가 사람마다 달라서 저희도 갸웃거리게 되죠. 그게 재미있는 부분이기도 하고요."

얼마 뒤 바리스타 수업을 듣기 시작했다. 그때만 해도 바리스타가 될 생각은 전혀 없었다. 단지 커피 맛이 어떠냐는 질문에 대한 답을 찾아보고 싶었을 뿐이다.

카페 문을 열면 우선 자전거를 들여놓는다. 접이식 자전거의 뒷바퀴를 접어 주차하는 만족이 하루의 동력이다. 혼잡한 출퇴근 대열에서 벗어나기만 해도 삶의 질이 오른다. 카페를 차리기로 마음 먹고 가장 먼저 든 생각은 '자전거로 출퇴근하자'였다. 카페라는 공간은 손님에겐 낭만이겠지만 내겐 직장이다. 무엇보다 내 편의가 중요하다. 버스로 30분가량 걸리는 카페에서 2년, 걸어서 5분 걸리는 카페에서 3년 일한 경험이 있는데 두 군데 다 괴로웠다. 자전거로 15분 정도가 적당하리라 여겼다. 소위 '멀지도 가깝지도 않은' 거리. 이 표현이 흥미롭다. 멀지도 가깝지도 않은. 크지도 작지도 않은. 많지도 적지도 않은. 친하지도 소원하지도 않은. 말이 안 되는 듯 모호하고 비합리적이지만 누구에게나 함의가 전달되니 신묘할 뿐이다. 커피 맛처럼. 결국 이루지 못하고 생을 마감하게 되겠지만 내 레종데트르는 커피 맛을 표현할 언어를 찾는 것이다.

자전거를 주차한 후 청소를 시작한다. 개업 초기에는 모든 정리를 마치고 나서야 퇴근했는데 다음 날 출근했을 때 드는 묵은 기분이 하루를 눅눅하게 만드는 듯해 청소는 아침에 하기로 방침을 바꿨다.

일과 중 가장 집중해야 하는 시간은 머신을 세팅할 때이다. 좋은 머신을 쓰면 맛있는 커피가 자동으로 나오는 줄 아는데 절대 그렇지 않다. 좋은 시계 찬다고 약속이 저절로 지켜지지 않듯이. 온도, 습도에 따라 미묘하게 맛이 변한다. 모든 조건을 맞춘다 해도 날씨만큼은 어쩌지 못하기 때문에 매일 바꿔야 한다. 작은 콩알 하나에도 이토록 큰 변화가 생기는 걸 직접 확인하고 나면 세상이 달라 보인다. 온 우주가 서로 연결되어 놀랍도록 생기 넘치는 곳이라는 사실을 깨닫는다. 그럴 때면 균형에 대해 생각한다. 균형 잡힌 맛이라는 게 있을까?

"묵직하면서 초콜릿과 캐러멜 같은 단맛이 나야 돼. 치우치지 않게. 밸런스."

예전 직장 선배 바리스타에게 자주 듣던 말이다. 말장난하려는 심사는 아니지만 '균형' 또한 모호한 표현이다. 풍미가 복합적인 재료에서 특정 맛을 뽑아낸다면, 편향 아닐까? 나는 산미가 좋다. 말하자면 심하게 기운 셈이다. 내가 추출한 에스프레소는 '호불호가 갈리는' 맛이라는데 호불호가 갈린다니, 이 역시 하나 마나 한 소리 아닌가? 누구는 좋아하고 누구는 싫어하는 당연한 현상을 평가 잣대로 삼아도 되나?

"따뜻한 아메리카노 주세요."

첫 손님. 오늘은 시작이 좋다. "아메리카노 따뜻한 걸로 주세요" 하는 손님보다 "따뜻한 아메리카노 주세요" 하는 손님이 아주 약간 더 좋다.

"원두는 두 가지 있습니다. 산뜻한 산미와 풍부한 풍미. 어느 쪽으로 드릴까요?"

산뜻, 풍부 역시 모호한 표현이지만 가벼운 말장난으로 하루를 경쾌하게 시작하자는 의도이다. 어색해하며 입꼬리를 엷게 올리는 손님의 표정을 보는 재미는 덤이다.

"음…… 왼쪽으로요."

오. 오늘 첫 손님은 나랑 잘 맞는다. 방금 내뱉은 문장은 손님 방향에서 보면 왼쪽이 산뜻한 산미, 오른쪽이 풍부한 풍미지만 내 입장에서 보면 뒤바뀐다. 짚고 넘어가야 한다.

"손님 기준인가요?"

"아뇨. 바리스타님 기준입니다."

이런, 이런. 산뜻함이 풍부한 손님이다.

필터 홀더에 분쇄한 원두를 넣고 탬핑을 한다. 단순한 동작이지만 매우 중요한 단계다. 자연스럽게 해내기까지 제법 품이 든다. 비결은 오직 하나, 반복이다. 몸을 쓰는 행위는 다 같은 단계를 거친다. 처음엔 힘이 잔뜩 들어가다가 거듭 반복해 동작이 몸에 익으면 자연스럽게 힘이 빠진다. 몸에 배도 꾸준히 해야 한다. 하루를 쉬면 이틀을 더 해야 몸이 유지된다. 하면 할수록 새로운 차원이 열린다. 가루 고르는 일 가지고 웬 호들갑인지 눈살 찌푸릴지도 모르지만, 사실이다. 이 정도면 충분하지 싶은 순간 뭔가에 조금 더 다가갔다는 느낌이 든다. 그 변화는 지극히 섬세해 일련의 과정을 겪지 않은 사람은 알기 힘들다. 그 차이를 알아차리는 단계까지 간 다음 거기에서 조금 더 진화하지만 외부에서는 그저 같은 동작의 되풀이로 보일 뿐이겠지.

필터 홀더를 그룹에 결합한다. 추출 버튼과 타이머를 동시에 눌러 세팅한 시간에 맞춘다. 에스프레소를 뜨거운 물에 붓는다. 물 온도 역시 정해져 있지만 날씨에 따라 조금씩 바꾼다. 체감(이 단어가 중요하다) 기온이 떨어지면 물 온도를 살짝 높여 커피 마시는 만족도를 끌어올린다. 인간사란 모름지기 기분 문제이다. 정확한 수치가 중요해도 수용자가 감정을 지닌 존재라면 기분에 좌우되기 마련이다.

아메리카노 완성. 복잡한 향이 뇌리에 퍼지면서 영혼을 정화한다. 표현이 과하다 여기지 말아주셨으면…… 정화는 손 씻기와 비슷하다. 기름이 제거되어 뽀드득거리는 상쾌함이다. 첫 잔의 향이 공간에 퍼질 때의 맛. 손님이 점점 많아지면 음료를 제조하느라 혼이 쏙 빠져 정화고 뭐고 다 거추장스러워지는 탓에 첫 잔에서만 느낄 수 있다.

두 번째 손님이 들어온다. 바로 이어 세 명이 한꺼번에. 번화한 사무실 동네가 아닌데도 출근시간이 다가올수록 점점 바빠진다. 평화로운 주택가처럼 보이지만 작은 회사가 은근히 자리 잡은 동네이다. 혼자서 쉴 새 없이 움직여야 한다. 손님이 많건 적건 오후 4시가 되면 꽤나 피곤하다. 카페 영업시간은 오전 7시부터 오후 4시까지다.

드디어 하루 종일 기다린 순간이 왔다. 일하는 시간이 괴로웠다는 뜻은 아니다. 아무리 재미있는 영화라 해도 러닝타임이 8시간이라면 제발 좀 끝나길 바라지 않겠는지. 가게 문을 닫고 서랍을 연다. 가지런히 놓인 날씬한 봉지들. 하나를 뜯어 잔에 붓고 뜨거운 물을 넣어 젓는다. 달착지근한 냄새가 한 마리 용처럼 콧속에 스민다. 이제 화룡에 정점을 할 차례. 블렌드 위스키를 적당히 섞는다.

……끄응. 믹스 커피엔 역시 위스키. 혈관이 막힐 듯 찐득한 이 음료는 하루를 정리하는 나만의 디저트 커피다. 여러 번의 실험을 통해 찾아냈을 황금비율 배합물에 그때그때 적당량의 위스키를 부어 제조하는 불량한 커피에 빠지지 않을 도리가 없다. 그날의 노동을 등지고 홀로 앉은 시간, 오늘도 충실히 살았느냐는 질문에 긍정하게 하는 맛이다.

막귀

스트리밍 중인 음악이 2초마다 끊기고 있는데 30분이 지나
도록 아무런 조치가 없다. 직원이 둘인데 설마 아무도 눈치
채지 못한 건 아니겠지? 〈골드베르크 변주곡〉을 들으며 자
는 사람이 있다면 바로 저런 귀겠지.

정도의 정도

아메리카노에 물을 ⅔만 넣어달라고 하면 ⅘쯤 넣어 주길
래 반만 넣어달라고 했더니 ⅗쯤 넣어준다. ⅗과 ⅔ 사이로
넣어달라고 하면 딱 맞을 것 같은데 차마 그러지 못하겠다.
지나치게 정교한 정보는 혼란을 부풀릴 뿐이다.

한 카페의 화장실에 가니 이숍 핸드워시 통에 다른 물비누를 채워놓았다.

　일상 속에 각양각색으로 자리 잡은 포촘킨파사드. '인스타핫플'은 포촘킨파사드의 화신이라 일러도 될 만하다. '멋진 공간이 있는데 사진도 잘 나오더라'가 아니라 애초에 소셜미디어에 올릴 사진을 위해 기획된 공간. '같은 값이면 다홍치마'에서 '싼값의 다홍치마'가 많아지더니 '어쨌든 다홍치마' 판이 된 것 같다. '어쨌든 다홍치마'를 추구하는 곳은 조잡한 시각 연출에 치중한 경우가 많다. 커피 맛은 당연히 기대할 수 없(다고 넘겨짚고 만)다. 가보기나 했냐고 물으신다면, 죄송합니다, 차마 들어갈 용기를 내지 못해서……

　누군가가 그랬다. 악평하긴 쉽다고. 좋은 면을 찾아내기가 어려운 법이라고. 맞는 말이지만 억지로 찾아야 보이는 좋은 면보다 그냥 보이는 좋은 면이 낫지 않나? 아무나 쉽게 알아차리지 못하도록 일부러 꽁꽁 숨긴 거라면, 저 혼자 즐기도록 모른 척하는 게 예의 아닐까? 그렇게까지 했는데도 찾아낸다면 좋은 의미로든 나쁜 의미로든 찾아낸 사람이 대단한 거다. 난 평범한 사람이니 보이는 것만 봐야지.

포촘킨파사드를 좀 더 친숙한 용어로 바꾸면 시트지다. 아버지를 아버지라 부르지 못하고(실체는 부자지간이지만 겉으로는 부정하는 시트지), 못된 사장한테 못됐다고 직언하지 못하고(속은 썩어 들어가지만 겉으로는 미소 시트지), 좋은 게 좋은 거라는(상대에게 시트지 바르기를 권하는) 사고방식이 자연스럽게 여겨지는 사회라면, 시트지 문화권이다. 지역에 따라 정도는 다르지만 지구는 확실하게 시트지 문화권이다.

난 직장 생활을 하기 전까지 시트지의 존재를 알아차리지 못했다. 조금만 더 가까이 다가가 자세히 들여다보았다면 알았을 텐데 그러지 못했다.

한번은 직장 상사한테 디자인을 공부하는 학생이 읽으면 좋을 책 세 권을 추천해달라는 이메일을 받았다. 추천 이유도 서너 문장 정도로 적어달라기에 그리했다. 몇 주 뒤, 그 상사는 잡지에 내 글이 실렸다며 보여줬다. 이메일로 보낸 책 추천 글이었다. 그런데 책을 추천한 사람이 내가 아니라 그 상사로 나왔다. 남의 생각을 자신의 생각인 양 발표하고선 심지어 '자네 글'이 실렸다며 자기 덕분이니 고마워하라는 듯 우쭐한 표정을 짓는 뻔뻔함에 놀라 아무 대꾸도 하지 못했다. 내가 상사의 시트지가 된 셈이었다. 여러 번 직장을 옮겼고 그중엔 많은 사람이 선망하는 회사도 있었지만 외부에서 봤을 때 그렇게 멋져 보이던 이미지는 내부로 들어가면 사라지는 신기루였다. 셀 수 없이 다양한 시트지가 별의별 무늬와 소재와 두께별로 있을 뿐이었다. 좋은 이미지를 풍기는 조직, 인물 들은 모두 시트지 활용의 달인이었다. 직장 생활을 하는 한 시트지를 쓰거나 시트지로 쓰이는 사슬에서 벗어날 수 없을 듯했다.

마침내 혼자 일하기로 결심했다. 혼자 일하면 시트지 따위는 안 쓰게 될 줄 알았지만 그렇지도 않았다. 인간으로 태어나면 시트지와 더불어 살아야 한다.

몇 해 전 웨스 앤더슨이 디자인한 카페에 갔다. 최고급 시트지 모델하우스였다. 그땐 인스타그램을 안 했지만 마음만 먹었다면 완벽한 이미지를 얻을 수 있었을 것이다. 주변을 교묘하게 잘라내고 색을 살짝 매만지면 묘하게 예뻐 보인다. 인스타그램은 시트지 견본집이나 다름없다. 몇 달 전에 인스타그램을 시작했는데 막상 구경하니 시간 가는 줄 모르게 재미있다(진작 할 걸). 역시 '남는 건 사진'인지 카페에 오자마자 사진을 수십 장 찍고 3분 만에 가는 사람을 가끔 본다. 시트지를 수집하러 왔겠지?

시트지의 역설. 담배를 피우지 않아 잘은 모르지만 흡연자들 얘기로는 담배는 끊을 수 없단다. 지금 안 피우고 있을 뿐. 그런데 안 피우는 상태를 지속한다면 그 사람은 어쨌든 끊은 것인가 아무튼 못 끊은 것인가. 빨간색이 노란 시트지를 발랐다면 빨간색인가 노란색인가. 표면뿐일지언정 노란 상태로 평생 지낸다면 속이 빨간 게 무슨 의미인가. 시트지란 무엇인가.

이만하면 손 씻기 권장 시간인 30초는 충분히 넘긴 것 같다. 가짜 이솝 핸드워시를 헹궜다.

살 수 있는데 뭐 하러 사?

"어제 건물주 할머니가 사무실에 잠깐 오셨는데, 젊은이가 착실하니 돈 모으는 비책을 알려주시겠다는 거예요. 그런 데 완전 대박이에요. 들어보실래요?"

"비책? 오오, 뭔데요? 저도 그런 비책 필요해요."

"사려고 하는 물건이 있다고 쳐요. 그 물건을 살 돈도 있다고 쳐요. 그런데 안 사는 거예요. 왜냐. 살 수 있으니까."

"예?"

"돈이 없어서 못 사는 게 아니고 살 수 있는데도 안 사 는 거잖아요. 살 돈이 있다면 이미 산 거나 마찬가지라는 거 죠. 워딩이 이거였어요. '살 수 있는데 뭐 하러 사?'"

현타가 오는 듯했는데, 희미하게 윤곽이 잡히려다 사 라졌다. 난 물건을 살 때 아직 진행 중인 일이지만 끝나면 들어올 돈까지 감안해 무리해서 쓰는 편이다. 산 물건이 마 음에 들지 않으면 다른 물건을 살 게 뻔하고 새로 사는 물건 은 먼저 산 물건보다 비쌀 가능성이 크므로 이중으로 돈을 들이니 처음에 제대로 사자는 절약정신에서 나온 의도이 다. 하지만 어떤 물건을 사든 언제나 더 나은 물건이 존재한다는 점이 함정이다.

"가만 있어봐…… 살 수 있는데 왜 안 산다고요?"

"저 안 움직였는데요?"

"예?"

"가만 있어보라면서요."

"아."

"장난이에요."

"아."

"그러니까, 살 수 있다고 다 사면 돈을 다 쓰게 되잖아요. 사고 싶은 물건 살 돈을 모으되 결국 사지 않는 게 핵심이에요."

"그런데 안 살 거면 돈을 뭐 하러 모아요?"

"돈이 없으면 안 사는 게 아니라 못 사는 거잖아요."

"그러니까요. 사려고 모으는 건데 결국 안 살 거라면 애초에 모을 이유가 없잖아요."

"그럼 돈을 못 모으잖아요."

다시 한 번 현타가 오는 듯하다가…… 사라졌다.

"그 할머니는 건물을 살 수 있는데 뭐 하러 사셨대요?"

"건물은 자기 돈으로 사는 게 아니잖아요. 대출 받아서 사죠. 게다가 세입자가 내는 돈으로 갚아 나가잖아요."

나한테 없는 돈을 끌어다 쓴다는 점에선 내 소비 방식과 맥이 상통한다. 나도 비책의 일부를 이미 실천하고 있었다는 얘기가 되나? 하지만 할머니와 결정적으로 다른 점은 갚는 사람도 나라는 점이다. 아니지, 나 역시 내 돈이 아니라 클라이언트의 돈으로 갚는 셈 아닌가?

"건물주 할머니, 건물을 여러 채 소유하고 계세요. 매달 관리비는 받으시는데 건물 청소도 업체 안 쓰고 직접 하세요. 지난번 새로 사신 건물은 도배도 직접 하셨대요."

커피를 한 모금 마셨다. 어느새 다 식어 있었다.

"뜨거운 커피를 한 잔 더 시키고 싶지만 시킬 수 있으니까 굳이 시킬 필요 없겠죠?"

"그거죠. 한 잔 더 시켜봐야 괜히 돈 쓰고 속 쓰리고 치아 누래지고 잠도 못 자고."

"아니, 가만 있어봐……"

친구는 탁자 위로 손을 올리려다 멈췄다.

"……움직이셔도 돼요."

친구는 다시 움직였다.

"뒤집어 생각해보죠. 안 마실 수 있는데 왜 안 마시죠?"

"네?"

"살 수 있는데 안 사는 논리라면, 안 살 수 있는데 사는 논리랑 통하는 거 아니에요? 돈을 모을 수 있는데 뭐 하러 모아요? 언제든 모을 수 있다면 이미 모은 거나 마찬가지 아니에요?"

"……으음, 언제든 출근할 수 있는데 뭐 하러 출근하냐는 말씀이시죠?"

"그러니까요."

"안 가면 잘리니까요."

둘 다 지쳤는지, 점점 아무 말이나 하는 분위기가 되었다.

"살 수 있는데 안 사는 상황에선 지출이 발생하지 않잖아요. 안 살 수 있는데 사는 상황에선 결국 지출하는 거고요. 돈을 모을 수 있는데 안 모으는 상황 역시 결과적으로 돈이 안 모이는 거고요. 한 번 더, 핵심은 나한테 들어온 돈을 내보내지 않는 거예요."

살 수 있으므로 살 필요 없다는 형이상학과 돈은 있어야 있는 것이라는 유물론이 결합된 개념인가?

"하지만 그렇게 모아서 어쩌자는 걸까요? 쓰지 않을 돈을 뭐 하러 벌지?"

"그 연배의 어른은 온갖 불행한 근현대사를 직접 겪으셨잖아요. 그런 삶의 방식이 몸에 밴 거 아닐까요?"

"슬프네요."

"슬프죠."

살 수 있는데 사지 않는 건 슬픈 일이다.

커피를 한 잔씩 더 주문하고 굳이 먹을 필요는 없지만 먹어도 되었으므로 마들렌을 곁들였다. 나가는 길에 다음 날 집에서 마실 원두도 샀다. 어차피 카페에 갈 터여서 집에서 마시기나 할지 모르겠지만 없어서 못 마시는 것보다 마시고 싶을 때 없는 게 더 곤란하니까. 막 알쏭달쏭한 대화를 나눈 다음이라 무슨 소린지 나도 헷갈린다. 내 돈을 쓰지 않을 요량으로 결제는 카드로 했다.

자린고비 커피

보리차 같은 커피가 나왔다. 원두를 왜 이리 아낀담. 밥 한
술 뜨고 천장에 매달아놓은 굴비 한 번 쳐다보았다는 자린
고비 이야기에서처럼 차라리 물 한 번 마시고 원두 한 번 쳐
다보는 편이 낫겠다. 그럼 물맛이나마 온전하지.

주말의 카페

점심을 먹고 근처 카페에 갔더니 자리가 없었다. 이제 어디로? 거리가 비슷하게 떨어진 두 곳이 후보에 올랐는데 반대 방향이라 거기도 자리 없으면 다른 데 가지 뭐, 하고 속 편히 넘기기도 곤란한 상황이었다.

날이 추워 택시를 타고 서쪽으로 향했다. 카페에 도착해 슬쩍 들여다보니 빈자리가 없었는데 마침 한 커플이 일어나려고 자리를 정리하는 모습이 보였다. 밖에서 기다렸다가 커플 퇴장 후 그 자리로 갔는데 옆자리 2인석에 있던 1인이 커플이 앉았던 4인석으로 옮겼다. 2인석은 탁자가 작아서 두 사람이 각자 노트북을 놓기는 곤란했다. 게다가 교정지도 있었고 주문한 커피를 놓을 공간도 감안해야 했다. 택시 타고 간 거리의 절반을 되돌아가 제3의 카페로 향했다. 주말의 카페는 피곤하다.

품절

메뉴에 '품절'이라고 써놓았는데도 그거 안 되냐고 묻는 사람들이 있다. 그런 사람들이 일할 때는 재차 확인은커녕 대충 넘긴다.

카페 형이상학

시안 마감일 전날까지도 방향을 잡지 못한 채 빈 도큐먼트를 바라보고 있었다. 더 큰일은 이제 곧 해가 완전히 떨어진다는 사실이었다. 난 태양과 직렬연결된 생명체라 해가 지면 같이 진다. 사회생활을 하면서 파워 리저브 기능이 생기긴 했지만 한두 시간 겨우 버틸 뿐이어서 의미 있는 창작 활동에 쓸 수준은 아니었다. 차라리 어떤 시간 낭비도 없이 일찍 잠으로써 심신을 리셋하는 편이 나았다. 눈 감기 전 마지막으로 확인한 시각은 21시 27분이었다.

눈을 뜨니 새벽 4시 15분, 장을 비우고 씻고 나오니 4시 43분이었다. 아침은 작업실 가는 길에 편의점에서 해결할 작정으로 집을 나섰다. 운동화를 신으려다 마음을 바꿔 구두를 신었다. 편안한 복장은 몸과 마음을 느긋하게 만들기 마련이라 집중도가 느슨해질 우려가 있었다. 적절한 긴장 상태를 지속하려면 구두가 나은 선택이었다.

급할수록 돌아가라는 말이 있다. 여러 세대에 걸쳐 전해지는 말은 여러 세대에 걸쳐 검증된 셈이다. 몹시 급한 비상사태였고 한 톨의 시간도 낭비해선 안 되었기에 멀리 도는 길을 출근 코스로 잡았다. 멀리 돌아가는 동안 구상을 마무리하고 작업실에 도착하자마자 시작하면 충분히 해낼 수 있는 일이었다.

산책 역시 칸트를 통해 검증된 창작술이다. 산책을 할 땐 목적의식이 없어야 한다. 그저 걷는 동작으로 근육과 신경을 일정하게 움직여 제각각 흩어져 있는 생각의 톱니바퀴가 제자리를 찾게끔 자극을 주는 게 중요하다.

카페를 발견한 건 집과 작업실의 중간쯤에 이르러서였다. 길에 면한 건물이 허물리자 그 안쪽의 건물이 드러났는데 보기 드문 색상의 붉은 벽돌로 지은 단층 건물의 단아한 외양에 홀려 마치 자석에 이끌리듯 근육이 제멋대로 움직였다. 대문으로 추정되는, 블랙홀이 있다면 이와 비슷하려나 싶게 무광으로 새카만 부분에 서자 눈높이에서 뭔가가 희미하게 빛났다. 한 발짝 다가가자 글자가 보였다. '카페 형이상학'. 크기는 14포인트 정도였는데 물성이 독특했다. 손가락으로 조심스레 건드려 보았지만 글자를 그냥 통과했다. 물리적 형체 없이 아주 얇은 빛으로 주조한 듯한 느낌이었다. '카페 형이상학' 위에서 녹색 점이 권점처럼 점멸했다.

'녹색 점멸등은 오픈했다는 의미인가? 이 시간에?'

시계를 보니 5시 1분이었다. 자세히 들여다보려고 새카만 공간 속으로 성큼 들어가자 또 한 번 자석처럼 몸이 끌려 들어가면서 형체 없던 간판만큼이나 아무 존재감 없이 뭔가를 통과한 느낌이었는데 어느새 실내에 들어서 있었다. 어렴풋한 조명 속에 보이는 건 지하로 내려가는 계단뿐이었다.

계단을 내려가니 양옆이 책장으로 덮인 복도가 3미터쯤 이어졌다. 책을 구경하고 싶었지만 속은 조바심에 타들어갔다.

'이럴 때가 아닌데. 얼른 작업 구상을 해야 하는데……'

복도 끝에 펼쳐진 공간은 복도가 있는 면을 뺀 나머지 세 면이 통유리였고 그 너머로는 울창한 숲이었다. 이렇게 너른 숲이 있을 만한 곳이 아니었다. 도로에 면한 건물이 헐리기 전에는 이 건물도 보이지 않았으니 어쩌면 이 블록 전체가 중정처럼 되어 있을지도 모르는 일이었다.

3미터쯤 되어 보이는 티크 책상과 의자 한 쌍이 유일한 가구였고 의자는 숲을 바라보는 방향으로 놓여 있었다. 생각의 폭도 넓어질 만한 너른 책상이었다. 특히 인상적인 요소는 실내의 조도였다. 통유리에 실내가 비치지 않게끔 외부의 조도와 정확히 맞춘 모양이었다.

'자리는 하나뿐인가?'

이곳이 카페가 맞는지, 이 시간에 진짜 문을 연 건지, 앉아도 될지 몰라 머뭇거렸다.

"오늘 오전 5시부터 예약하신 이기준 님이시죠? 앉아 계시면 모닝세트 준비하겠습니다."

"예?"

어리둥절한 채로 앉았다. 일단 내 이름이 맞고 예약이 되어 있다 하니 그냥 편승해볼 작정이었다. 혹시 원래 예약자가 오면 내 이름이랑 같아서 착각했다는 핑계를 대며 열심히 사과해야지……

의자 옆에 준비된 옷걸이에 가방과 겉옷을 걸고 수첩과 펜을 꺼냈다. 이상적으로 세팅된 작업 공간에 있으니 늘 쓰던 수첩과 펜도 더 좋게 느껴졌다. 뜻밖의 사건으로 머릿속이 어수선하지만 이 공간을 잘 활용하면 마감 따위는 문제가 아닐 듯했다.

우선 들뜬 기분을 가라앉혀야겠다는 마음이 읽히기라도 한 듯 시미즈 야스아키의 색소폰 연주로 바흐의 무반주 첼로 모음곡이 흐르기 시작했다. 점점 생기를 띠는 숲, 숲과 더불어 살아나는 조명, 잔향이 짙은 바흐의 조합은 적절한 자극제였다.

"모닝세트입니다."

크레이프 쉬제트와 함께 작은 잔에 나온 뜨거운 카페오레였다.

"다 드시면 블랙 커피랑 열대 과일 내오겠습니다."

오늘 예약자는 동명이인이 아니라 진짜 나라고 믿을 수밖에 없었다. 어딘가에 있을 줄 알았지만 아직 찾아내지 못했던 바로 그런 공간이었다. 갑작스럽게 호사를 누리는 데다 다른 이의 자리를 가로챈 것 같다는 불안을 떨쳐내자 작업은 일사천리였다. 마음에 꼭 드는 공간에서 고작 작업만 하기가 아깝다고 여기자 뇌는 긍정적으로 반응해 작업의 물줄기는 천 리가 아니라 만 리까지 흐를 기세였다. 연료를 더 태워야겠다 싶어 두리번거리니 매니저는 어느 틈에 와 있었다.

"오늘의 원두는 에티오피아 칼디, 과일은 알갱이만 추린 포멜로랑 구아바입니다."

"칼디요? 커피를 발견했다는 양치기랑 같은 이름이군요."

"바로 그 칼디가 발견한 나무의 원두입니다."

"아! 그 품종이군요."

"단지 동일 품종인 게 아니라 칼디가 수확한 바로 '그' 원두입니다. 약 1,200년 묵은 원두죠."

(이건 농담?)

"농담 아닙니다."

"아하하, 그 말씀을 믿는다 쳐도요, 원두는 신선도가 가장 중요하다 들었는데 1,200년 묵었으면 맛도 향도 다 날아가지 않았을까요?"

"커피의 진짜 효능을 숨기려고 널리 퍼뜨린 음용법입니다. 말씀처럼, 커피를 오래 묵히면 향이 다 날아가고 맛도 텁텁하죠. 그런데 그 단계가 지나면 향과 맛이 응축됩니다. 마치 나무 전체가 작은 콩 한 알로 줄어든 것처럼요. 그걸 마시면 심안이 뜨여 만물의 이치에 통달한다고 합니다. 선악과를 따 먹은 이브와 아담이 쫓겨났듯이 칼디도 쫓겨났습니다. 하지만 인간의 호기심은 강력하죠. 커피가 널리 퍼지는 건 시간 문제였고, 몇몇 권력자가 암합으로 커피 음용법을 통제해 모두가 신이 되는 불상사를 막기로 한 겁니다. 신선한 원두로 만든 커피는 커피를 가장 부드럽게 마실 수 있는 방법이자 커피의 자각 효력을 최소화하는 레시피입니다."

김이 모락모락 오르는 커피는 무한히 검었다. 감히 마실 용기가 나지 않아 김에 코를 대고 향만 살짝 맡았을 뿐인데도 진행 중인 작업 일곱 개의 구상이 떠올랐다. 한 모금만 마셔도 평생 필요한 아이디어를 얻을 수 있을 것 같았다. 한 잔을 다 마시면 세상이 너무 시시해져 아무 재미도 느끼지 못할까 두려웠다. 향을 한 번 더 맡자 마치 한나절의 에너지를 전부 쓴 듯 배가 고팠다. 배고프다는 생각이 들기가 무섭게 매니저가 다가왔다.

"날씨가 좋으니 점심은 밖에서 드셔도 좋을 듯합니다."

오전 내내 앉아 있었기에 걷고 싶었다. 들어올 때 지나온 복도 옆에 바깥으로 나가는 문이 있었다. 문앞에서 점심 바구니를 받았다.

"아까 보니까 같은 자세로 몇 시간을 앉아 계시던데 일단 좀 걸으세요. 걸을 땐 코어에 집중하시고요. 걷다가 마음에 드는 자리에서 드세요."

5분을 걸어도 끝이 보이지 않았다. 아무리 생각해도 여기 이렇게 긴 블록이 아니었다.

"정신은 물리적 공간에 제약받지 않으니까요. 칼디의 향이 정신력을 끌어올리기도 했을 테고요."

나중에 매니저한테 들은 대답이다.

점심은 여러 종류의 콩과 과일, 씨앗, 셀러리, 비트로 만든 단백질, 섬유질, 비타민 위주의 샐러드였다. 한 술 뜨니 와인 생각이 나는가 싶더니, 뿅! 하고 매니저가 화이트 와인을 담은 작은 카라프를 내밀었다.

"오래전 바다였던 지역에서 재배한 포도로 만든 와인이라 옅은 짠맛이 납니다."

자리로 돌아가 읽던 책을 가지고 나와 남은 와인을 마시며 읽었다.

그날 마감이었던 작업은 물론 오래도록 풀리지 않던 일까지 마무리했다. 심지어 시간이 남아 책장을 둘러볼 여유까지 생겼다. 책장을 살피다 표지가 거의 떨어져 나간 책을 뽑아 들었다. 아리스토텔레스의 『시학』 2권이었다. 설마. 호르헤 수도사가 마지막 남은 한 권을 태워버렸을 텐데……

"그건 움베르토 에코의 상상이었죠. 오늘 뇌가 양분을 많이 썼을 거예요. 마지막 서비스로 포트와인과 바스크 치즈케이크입니다. 케이크는 굵은 소금을 찍어 드시고요."

"덕분에 꿈같은 하루를 보냈습니다."

"꿈이 아니라고 확신하세요?"

"아니었으면 좋겠네요."

"꿈이면 어때서요. 꿈이었든 현실이었든 여기에서 보 낸 시간을 기억하실 텐데요."

"현실이라면 다음에 또 올 수 있잖아요."

"꿈도 또 꾸실 수 있죠."

"꿈이 마음대로 꾸어지나요."

"현실은 마음대로 되던가요?"

카페 형이상학의 문을 나서자 녹색 권점이 꺼지고 뒤 이어 글자가 사라졌다.

낯선 도시에 갈 때면 새로운 카페에 대한 기대로 무척 설렌다. 어떤 이름의 카페가 있을까? 간판은 어떤 모양일까? 어떤 동네에 있을까? 주인장은 어떤 사람일까? 공간의 주자재는 나무일까 금속일까 돌일까? 창이 클까 작을까? 음악은 어떤 오디오로 틀까? 무엇을 상상하든 그와 다른 공간일 테고 방문하는 날씨에 따라 다른 인상을 받을 테니 동일한 카페라 해도 수많은 변수의 조합으로 무수히 많은 인상을 자아낼 터다.

공간과 달리 커피는 일정한 범주에서 멀리 벗어나지 않는다. 몇몇 산지에서 나는 원두를 전 세계가 공유하고 레시피 역시 큰 틀에서 대동소이하다. 원두를 로스팅하는 방법, 분쇄하는 방법, 추출 방법, 물의 온도 등 맛있는 커피를 제조하기 위한 수치가 어느 정도 나와 있다. 이게 참 재미있는 점인데, 그럼에도 커피는 다 다르다. 여행지에서 방문한 카페의 커피가 실망스러우면 소중한 기회를 소실했음에 이루 말할 수 없이 속상하고, 만족스러우면 그날의 행보가 내내 흐뭇할 정도로 충만해진다. 처음 방문한 카페에 앉아 낮선 언어에 둘러싸인 채 익숙하면서도 다른 음료를 홀짝이는 맛은 여행의 풍미를 한층 부풀린다.

인도의 출판사 타라북스와 인연이 닿아 반년 간 첸나이에서 지내며 타라북스의 책을 작업하게 되었다. 이 소식을 들은 지인들은 하나같이 현지의 위생 상태와 낙후한 쇼핑 환경을 거론하며 걱정해주었다. 높은 적응력을 은근히 자부해왔던 나는 하나같이 흘려들었다. 수없이 많은 사람들이 인도에 가는 데는 이유가 있을 테고, 널리 알려진 정보에는 틈이 있기 마련이라 알려지지 않은 보석 같은 무언가가 새로이 발견될 것이고, 체류 기간이 기니 히말라야나 스리랑카 등 인근 지역을 둘러볼 수 있으리라는 기대를 품었다.

첸나이에 와서는 나흘간 절망에 빠져 지냈다. 예상을 무자비하게 웃도는 혼돈에서 온 충격은 쉬이 가라앉지 않았다. 대체 여기에 왜 왔을까. 도착한 지 10분도 되지 않았는데 후회막급이었다. 앞으로 반년을 지낼 일이 막막했다. 나락에 빠지는 정신의 낙하 속도를 늦추려면 카페를 찾아야 했다.

흙먼지와 악취는 대기의 구성 성분이나 마찬가지였다. 아무리 걸어도 벗어날 수 없었다. 비염이 심한데도 그토록 시달렸으니 후각이 정상이거나 심지어 뛰어났다면 어땠을지 상상하기 싫었다. 사실 흙먼지와 악취에 신경 쓸 여유조

차 없었다. 발아래를 계속 주시해야 했기 때문이다. 도로는 여기저기 깨져 시멘트 덩어리가 굴러다녔고 오만 가지 모양, 색상, 재질, 용도의 쓰레기와 똥이 다양한 점도로 흩어져 있었다. 고개를 들었다간 뭐라도 밟을 게 확실했다. 그 상황에서 카페를 찾겠다고 두리번거리자니 혼이 빠질 듯했다. 딱 한 군데만 나오면 되는데…….

두어 시간을 헤매자 목이 말랐다. 물은 뚜껑을 뜯은 흔적이 없는 공산품을 마셔야 한다는 조언을 누누이 들었다. 눈에 들어오는 가게의 외관 역시 지저분했고 그런 가게에서 파는 물건은 아무리 미개봉 제품이라도 깨끗하지 않을 것 같았다. 유통기한이 지났을지도 모르고 어딘가에서 균이 옮았을지도 몰랐다. 가게에 발 들이기도 겁났다.

나는 참 옹졸하구나. 반성하자 기적처럼, 깨끗한 마트가 불쑥 나타났다. 헤븐 그린스 슈퍼마켓이라는 이름이 절묘했다. 미네랄 물 두 통을 사서 숙소로 돌아갔다.

다음 날은 방에서 나가지 않았다. 현실을 외면하고 싶은 나머지 태블릿에 저장해둔 〈기묘한 이야기〉만 연달아 봤다. 방 안의 물건조차 보지 않으려고 불도 켜지 않았다. 문제는 배가 고프다는 점이었다. 난 몸이 정신을 움켜쥔 인간. 정신을 추스리려면 몸을 지켜야 했고 그러려면 뭐든 먹어야 했다.

타라북스 직원들이 애용한다는 식당 근처에서 기웃거

리며 염탐했다. 탁자 위에 의자를 올리고 바닥을 치우고 있었다. 30분 뒤에 가니 걸레로 탁자와 의자 다리를 문지르고 있었다. 15분 뒤에 다시 갔을 때도 청소 중이었다. 한 시간 넘게 청소하는 모습은 뒤집힌 심리를 안정시켰고 물론 거기서 밥을 먹었다.

그리고 발견했다. 빠낭 깔깐두 빨. 영어로 'Golden Milk'라는 이름이 붙은 음료였다. 걸쭉한 커리색 액체에 향신료 가루가 떠 있었다. 우유에 한약재랑 설탕을 넣어 끓이면 딱 이 맛일 듯했다. 꿩 대신 먹은 닭이 꿩을 압도했달까, 커피 대신 선택한 달고 따뜻한 우유가 마음을 녹였다.

옆자리에 앉은 두 사람이 커피를 주문했다. '커피'라는 단어에 귀가 반응했다. 어떤 커피가 나올지 궁금해 흘긋거렸다. 새로운 형식의 잔 모양에 눈이 갔다. 잔과 받침이 세트였는데, 길쭉한 잔이 높이 3센티미터쯤 되어 보이는 넓은 받침에 담겨 나왔다. 두 사람은 잔에 든 커피를 받침에 부었다 잔에 부었다 되풀이했다. 한 모금 마셔보더니 옮겨 붓는 동작을 몇 번 더 반복했다. 원하는 온도로 식히는 행동인 듯했다. 각자 자신의 커피에 몰두하는 모습을 보고서야 나도 저 커피를 마실 준비가 됐다고 느꼈다.

우선 환경 설정을 새로 했다. 층고 높은 멋진 공간, 쾌적한 실내 공기, 반질반질 윤을 낸 좋은 목재로 만든 가구, 연주곡 위주의 음악, 둔탁하지 않은 잔 따위의 필터링 기능을 해제했다. 흙먼지 자욱하고 삼라만상이 뒤엉킨 혼돈을 디폴트로 설정하지 않으면 더 나아가지 못할 터였다. 여러 해에 걸쳐 형성된 카페의 잔상을 지우려고 애쓰면서 거리로 나갔다.

동네에 산재한 카페는 대개 노점 형태였다. 음료 한잔 마시는 동안 잠깐 앉을 순 있지만 결코 오랜 시간을 보내기 좋은 여건이 아니었다. 조리대에는 커다란 원형 철통 세 개에 차, 커피, 우유가 각각 끓고 있었다. 커피를 주문하자 작은 잔으로 커피를 뜨더니 유리잔에 따르면서 동시에 팔을 점점 머리 위로 올렸다. 커피가 1미터 높이에서 작은 유리잔에 쫄쫄쫄 떨어졌다. 우유를 떠 같은 동작을 되풀이했다. 낙하하는 힘 때문인지 커피와 우유가 잘 섞였고 공기를 머금어 거품이 부글거렸다. 커피는 달았다. 딱 '다방 커피'였다. 전통 제조법대로 만들려면 자그리(인도의 비정제 설탕)를 넣어야 마땅하지만 요새는 정제 설탕도 흔히 쓴다고 한다. 전날 식당에서 본 2인조가 잔과 받침에 번갈아 따르던 동작은 숙련된 노점 카페 퍼포먼스의 DIY 버전인 셈이었다.

커피잔을 받고 주위를 둘러보았다. 같이 와서 대화하는 사람도, 책을 읽거나 뭔가를 하는 사람도 보이지 않았다. 오직 커피를 마시러 잠깐 들른 사람들이었다. 벤치에 앉은 노인이 엉덩이를 살짝 옮기며 앉으라고 손짓했다. 한쪽에 걸터앉아 첫 커피를 마셨다.

무너지는 마음을 추스리기 힘들었다. 기대치를 아주 많이 낮추는 한편 답사 범위를 넓히며 카페를 찾느라 애썼다.

아무 정보 없는 여행지를 탐색하는 나만의 방법이 있다. 구글 지도를 확대해 무작위로 훑어보는 것이다. 어느 동네에 뭐가 있는지 아예 몰라 검색어조차 입력할 수 없을 때 제법 유용하다.

현재 위치를 중심에 두고 반경을 넓혀 나갔다. 몇 번의 산책을 통해 동쪽엔 주택밖에 없다는 점을 파악했기에 서쪽, 남쪽, 북쪽만 살피면 되었다. 스타벅스를 발견했다. 전 세계에 지점이 있는 브랜드는 이럴 때 잣대로 기능한다. 스타벅스에 가 보면 이 지역에서 기대할 만한 범위를 가늠할 수 있을 듯했다. 스타벅스에서 멀지 않은 곳에 'InKo Center'도 보였다.

"한국문화원(InKo Center) 있는 동네가 부촌이래."

낙담한 내게 '첸나이 힙스터 플레이스' 목록을 건네며 은재가 한 말이 떠올랐다. 거리 감각을 익힐 겸 오토릭샤(현지에서는 줄여서 오토라고 부른다)를 타기로 마음먹었다.

"뽀 언드렛(Four hundred)."

오토는 여행자, 현지인 가리지 않고 바가지를 씌우기로 유명하다. 400루피 역시 바가지 요금일 터였다. 그런데 바가지를 쓴다는 표현은 어디서 나왔지? 이렇게 뜬금없이 세상만사가 궁금해지곤 한다. 오토 기사는 협상할 의지가 전혀 없었다. 다른 오토를 골랐다. 250루피.

오케이! 외치며 뒷좌석에 오르려는데 기사가 갑자기 고개를 흔들었다. 아니, 털었다고 해야 하나. 자동차에 장식용으로 두는, 고개 흔드는 동물 인형의 움직임과 비슷했다. 머리의 무게 중심을 이마에 두고 턱을 좌우로 젓는 묘한 동작은 사실 지난 며칠 내내 궁금증을 자아냈는데 사람이 나를 향해 그 동작을 하니 약 올리는 것처럼 보이기도 해 은근히 기분 나빴다. 여러 사람이 대놓고 그러는 걸 보면 나쁜 의미는 아닌 듯했다.

어찌해야 할지 몰라 머뭇거리자 오토 기사는 어서 타라고 손짓했다. 뒷좌석에 앉아 고갯짓의 뜻을 검색했다. 알아들었다, 잘 듣고 있다는 등의 의미란다. 의미를 알아냈어도 일상적으로 자연스럽게 받아들이는 데는 더 오랜 시간이 걸리는 법.

스타벅스는 두 번 가고 싶은 분위기는 아니었지만 근처에 있는 샤미어스라는 카페가 비교적 괜찮았다. 적어도 앉아서 시간을 보낼 수 있는 곳이었다. 무엇보다 아침 8시에 연다는 장점이 있었고 음식도 먹을 만했다.

최근에 생겼다는 릴라 팰리스 호텔은 말쑥한 외관에 걸맞게 무척 비쌌지만 질은 별로였다. 그럼에도 안락한 시간을 보냈다. 나에게 더 절실한 건 커피가 아니라 카페라는 사실을 깨달았다. 취향에 맞는 공간 안에서, 당장 내 처지를 감안한다면, 적어도 거슬리는 요소(소음, 악취, 오염물질 등)가 없는 공간에서 정신 활동을 전개하고 싶은 마음. 그런데 '이런 식의 안락'은 또 다른 거슬리는 요소로 작용했다. 정신 활동을 시작하자 '정말로' 거슬리는 요소가 없는지 검토하는 기능이 활성화되었다. 자본의 힘 말고는 이렇다 할 취향이 보이지 않는 공간은 그 자체로 거슬린다. 게다가 프렌치 프레스로 나온 몬순 말라바는 맹물이 아니라는 점만 겨우 알 수 있는 정도였다. 이럴 때 유용한 신체 기능을 써야 하는 상황이었다.

　　내 몸은 스위치로 작동한다. 필요 없는 부분만 끌 수 있다. 미각 끔, 비판력 끔, 시야는 13인치 모니터 범위로 감소, 속물 수치 최대치로 켬, 스마트 인지 기능 켬. 스마트 인지 기능은 첸나이에 도착하면서 업그레이드된 기능이다. 불편한 요소는 못 본 체하고 반가운 요소는 과장해서 받아들여 가능한 한 쾌적한 심리를 유지하게끔 유도한다. 스마트 인지 기능을 활성화하자 형편없는 커피는 안 마시면 그만이라는 관점 이동이 생기면서 무분별한 호텔 로비에서도 작업이 가능해졌다.

　　며칠 뒤 타라북스 사무실에서 혹시 커피 마시는 사람이 있는지 물었다. 라기니와 로히니가 커피파였다.

　　"너희는 커피를 어떻게 마시니?"

두 사람 모두 인도식 필터 커피를 사용한다고 했다. 인도식 필터 커피는 금속으로 만든 원통 형태다. 통의 가운데 부분을 돌려 분리하면 작은 구멍이 뚫린 필터가 내장되어 있다. 거기에 커피 가루를 넣고 탬퍼로 고르게 다진 다음 뜨거운 물을 부으면 진하게 우러난 커피가 구멍을 통해 떨어진다.

로히니: 이게 무지 진해서 인도에서는 우유랑 자그리를 넣어 마셔. 난 단맛 나는 커피는 별로라 뜨거운 물만 더 넣어서 마시지만.
라기니: 난 우유만 넣어.

로히니가 집에 하나 더 있다며 드리퍼와 종이 필터를 갖다 줬다.

"드리퍼도 쓰네?"
"인도식 필터랑 드리퍼랑 번갈아 써."
"원두는 어디서 사?"
퇴근 후 로히니의 단골 커피 상점에 갔다. 역시 노점 스타일이었다. 여러 번 지나친 가게였지만 커피 원두를 파는 줄 몰랐다. 로히니는 커피 가루를 200그램 주문하며 깡통을 내밀었다. 인도는 전반적으로 환경 보호 의식이 높아 보였다. 장 보는 사람은 모두 천 가방을 가지고 다닌다. 마트에서는 비닐봉지 대신 자그마한 천 가방을 판다. 반면 거리는 엄청난 양의 쓰레기와 더불어 엉망으로 방치된 상태다. 인간이 복잡한 동물임은 알았지만 이토록 상반된 모습을 동시에 바라보는 마음은 혼란스럽다. 나는 시험 삼아 50그램을 샀다. 커피 가루는 네모진 작은 비닐봉지에 담겨 나왔다.

*

드와니가 진행 중인 책의 표지에 인디고 염색을 한 수제 종이를 쓰기로 했단다. 타라북스에서 인디고 안료를 구해 종이 공장에 보냈는데 결과가 별로란다. 직접 확인하러 공장을 방문하는 일정이 잡혔는데 여럿이 따라 나섰다. 제작 담당 미스터 에이, 디자이너인 드와니와 라기니, 레지던트인 하싼과 나.

도중에 휴게소에서 아침을 먹었다. 휴게소 음식은 맛이 없다는 통념에 역주행을 하는 곳이었다. 그동안 간 어느 식당보다 맛있었다. 식후엔 당연하다는 듯이 입맛에 따라 커피와 차를 주문했다.

"남인도식 필터 커피는 1미터 커피라고도 불러."

1미터 높이에서 따르는 방식에서 온 별명임을 바로 알아차릴 수 있었다. 나도 필터 커피를 마시는 데 제법 익숙해져 1미터 커피쯤 거뜬히 해낼 수 있겠다는 자신감이 들었지만 실제로 하면 사방으로 커피가 튈 터였다. 주변 사람을 대피시키고 앞치마를 둘러야 하는 번거로운 퍼포먼스다. 얌전히 앉아 10센티미터 커피로 만족했다.

몇 시간 더 가다가 점심을 먹은 식당 역시 맛있었다. 참지 못하고 운을 뗐다.

"휴게소 식당은 보통……"

"……맛이 없는데."

하싼이 말을 받았다. 레바논의 휴게소 식당 사정 역시 한국과 비슷한 모양이었다.

"여행길이니까 음식이 맛있어야지."

미스터 에이가 농담인지 사실인지 알 수 없는 말을 했다. 아무렴 어때, 맛있으면 됐지. 식후에 역시 10센티미터 커피를 마셨고, 두어 시간쯤 뒤에 한 번 더 차를 세우고 티타임을 가졌다. 호텔에 도착한 즉시 또 카페에 갔다.

*

"우리 동네에 카페가 새로 생겼어!"

라기니가 기쁜 목소리로 외쳤다.

"다른 음료 없이 오직 커피만 해. 앉아서 작업도 할 수 있는 공간이야!"

일을 마치고 라기니와 함께 갔다. 새 공간이라 일단 깨끗했다. 2019년에 문 연 카페라 하기엔 너무나 구식이지만 통유리로 외부와 차단된 실내가 있다는 사실만으로 감사한 곳이었다. 물을 덜 탄 아메리카노를 주문했다. 나쁘지 않았다고만 해두자. 달지 않은 진한 커피 한잔이 그립다.

*

첸나이에 온 지 두 달이 되는 주말 아침에 문득 든 생각. '왜 여기서 이러고 있지?'

기대와 달리 일도 재미없고 일상도 '버티는' 수준이었다. 왔으니까 어쩔 수 없이 버티는 상태로 네 달을 더 보낼 순 없었다. 마치 ○○년 ○○월 ○○일 ○○시 ○○분에 비행기 표를 검색한다는 최면이 걸려 있었다는 듯 눈 뜨자마자 앱을 켜 인천행 항공편을 검색했다. 모든 항공편이 경유였고 중간 대기 시간이 열 시간 이상이었다. 그렇다면 방콕 경유를 선택해 시내에서 커피 한잔 마시고 뻬삐나에서 피자를 먹는다는 구상을 떠올리자 기분이 좋아졌다. 즉시 비행기 표를 예매하고 타라북스에 알렸다. 대표는 내 선택을 담담히 받아들였다. 흔히 있는 일인 모양이었다.

*

서울에 도착해 밀린 샤워를 하고 동네 카페에 가자 다들 깜짝 놀랐다.

"아니, 벌써 오실 때가 됐어요?"

"그럴 리가요. 아직 네 달 남았는데 앞당겨 돌아왔죠."

소문은 삽시간에 퍼져 자리에 앉기도 전에 카친들이 버선발로 달려 나와 환대해주었다(실제로는 양말에 신발까지 잘 갖춰 신고 나왔다).

마음 가는 카페 없는 곳에선 살 수가 없다.

이기준을 처음 알게 된 것은 그의 첫 산문집 『저, 죄송한데요』를 통해서였다. 우연히 들른 서점에서 그 책을 발견했다. 특이한 제목과 엉뚱한 표지디자인을 보고 '어라, 뭐지?' 싶어 집어들어, 몇 장을 펼쳐 읽고서는 그대로 계산대에 가져갔다. 그날 밤 집에 가서 다 읽었다. 뭐 이리 이상하고 매력적인 남자가 다 있나 싶었다.

　　이번 산문집의 주인공은 '카페'다. 그 소식에 그처럼 카페 작업자인 나는 환호했다. 카페는 사실 생존을 위해 딱히 필수적인 그 무엇은 아니다. 카페 없이도 인간은 살아갈 수 있다. 마찬가지로 음악을 듣지 않아도, 책을 읽지 않아도, 사랑을 하지 않아도, 생명에는 지장이 없다. 커피를 못 마시면 하루도 못 산다는 이들도 더러 있지만 실은 살 수는 있다. 하지만 이게 과연 사는 것일까? 같은 맥락에서 카페에 관한 에세이가 우리가 현재 직면하고 있는 결코 호락호락하지 않은 이 시대에 어떤 구체적인 보탬이 될 수 있을지에 대해 나는 그 무엇도 장담할 수 없다. 그러나 인간에게는 그저 살아남는 것만이 다가 아니듯이, 급변하는 세상 속에서도 실용성이 다가 아니다. 특히 산문에서는.

　　자신이 좋아하는 대상에 대해 한없이 예민하고 집요해질 수 있다는 것은 나름 하나의 근사한 업적이라고 생각한다. 내가 이거 좋다는데 어쩔 거냐! 같은 패기와 자유가 넘쳐흐르고, 여기에는 한치의 반성이나 머뭇거림도 없다. 하지만 그렇게 중얼중얼 땅땅 자신의 이야기를 펼치는 와중에도 간간히 드러나는 '허당+골때림+너무 예민해서 피곤하지만 본인은 그걸 또 즐김' 같은 귀여운 삼단 콤보가 그만의 독특한 시그니처 문체를 만들어낸다. 게다가 자신이 깊이 좋아하는 것에 대해 쓰는 것은 가장 나답게 살아가는 방식을 철학 하는 일이니 재미있을 수밖에 없다.

　　이기준의 천진한 호기심과 섬세한 관찰이 교차하며 이루는 촘촘한 통찰을 좋아한다. 그의 까다롭고 편향된 시선이 지극히 보편적인 아름다움을 무심하게 발견해내는 순간을 사랑한다.

임경선(작가)

단골이라 미안합니다 – 커피 생활자의 카페 감별기

1판 1쇄 펴냄 2020년 8월 25일
1판 3쇄 펴냄 2023년 2월 14일

지은이 이기준
편집 최선혜

디자인 나종위
인쇄 및 제책 세걸음

펴낸이 최선혜
펴낸곳 시간의흐름
출판등록 2017년 3월 15일(제2017-000066호)
주소 서울시 마포구 토정로 33
Email deltatime.co@gmail.com
ISBN 979-11-90999-00-7 04810
ISBN 979-11-965171-3-7(세트)